# 祭红

徐徐 著

/祭红/风来四面/赝品/饥饿/天梯/彼岸花/墨梅图

中国人民公安大学出版社
·北 京·

图书在版编目（CIP）数据

祭红／徐徐著．—北京：中国人民公安大学出版社，2012.10
ISBN 978－7－5653－1030－0

Ⅰ．①祭…　Ⅱ．①徐…　Ⅲ．①散文集—中国—当代
Ⅳ．①I267

中国版本图书馆 CIP 数据核字（2012）第 233848 号

祭红
徐徐　著

出版发行：中国人民公安大学出版社
地　　址：北京市西城区木樨地南里
邮政编码：100038
经　　销：新华书店
印　　刷：北京蓝空印刷厂

版　　次：2012 年 10 月第 1 版
印　　次：2012 年 10 月第 1 次
印　　张：5.75
开　　本：880 毫米×1230 毫米　1/32
字　　数：136 千字

书　　号：ISBN 978－7－5653－1030－0
定　　价：20.00 元

网　　址：www.cppsup.com.cn　www.porclub.com.cn
电子邮箱：zbs@cppsup.com　zbs@cppsu.edu.cn

营销中心电话：010－83903254
读者服务部电话（门市）：010－83903257
警官读者俱乐部电话（网购、邮购）：010－83903253
公安图书分社电话：010－83905672

# 自序

## Preface

我喜欢读书,更喜欢读人。

我相信,每个人都有自己的故事,哪怕是最平凡的人,如果你深入了解,都会发现意料之外的精彩。关键在于,你是否可以找到钥匙,打开他的心锁。这把钥匙,有时候是一种机缘,更多的时候,靠的是你的细心、真心和静心。自己静下来了,才可以体会到别人的丰富。

很多人读了我写的小故事后,会问:是不是真的?譬如《赝品》中的苏丽珍,大家对她念念不忘,特别关注她的真伪和结局。我很高兴有人把我讲述的故事当真。故事虽然是虚构的,但我相信像苏丽珍这样的人应该是有的,也许刚才在街头她还与我擦肩而过,只是我不认识她而已。不仅是苏丽珍,我笔下那些女主角,我都希望她们是鲜活的。至于我的文字中没有讲出来的故事,之前、之后、之外的，一切都是可能的。内心美好的女人，注定会遇到更多波折。因为，她更敏锐、更理想化，与命运之间有着更多的对话、交流与博弈。与之有关的想象，就留给读者吧。

我不是一个称职的写作者。我没有能力给读者描绘一个宏伟的充满矛盾冲突的神奇世界，我只是在写一些自己熟悉的人和事，日出日落，花开花谢，身边的人，庸常的生活，仅此而已。古人曾说，一花一世界，一叶一如来。我的道场虽小，情感却是深厚且真挚的。警察视角、陶瓷文化背景、女性情感故事，这些是经年累月点点滴滴渗透入我的生活和血脉之中的，三者融合在一起，就成了我的百宝箱，藏着取之不尽的财富。

最初的灵感，往往来源于只言片语，朋友聊天时不经意的讲述，像是被风吹来的一粒种子，落在我的心里，开始生根、发芽、长出枝叶，慢慢有了自己的脉络和姿态。它们顽强地生长着，一点一点地占据我的脑海，甚至侵扰我的生活。开车的时候，发呆的时候，早晨醒来的时候，甚至做梦的时候，它们都会毫无预兆地跳出来，固执地呈现出各种意象和情节。直到有一天，我决定用文字把它们释放出来。

落笔的时候，却常常感到困惑。如何谋篇布局、如何取舍情节、如何塑造人物，都是对功力的考量。构思的过程是痛苦的，常常否定、推倒重来、再推倒、再重来。我以为，小说这种文本是有自己独特的精神气质的，这种气质与作者的内心世界息息相关，它更全面更深刻地反映了作者的思想、情感和对这个世界的认知。生活如此灵动多姿，繁复纠缠，有着许多如万花筒一般离奇曲折精彩的故事，只可惜我受制于自己有限的观察力与叙述水平，总是眼高手低。每写完一篇东西，我都觉得失落感胜于成就感，我觉得我本来应该可以写得更好一些。

幸运的是，身边的师长和朋友给了我很多的支持和鼓励，在那些彷徨迷茫的日子，在我看不到希望想要放弃的时候，是他们给了我勇气和力量，让我可以执著地坚持下来。他们的爱和帮助，于我而言，是生命中最动人的光亮。

还有，出版社的老师和编辑们，也为我这本小集子费心做了许多工作。在此，一并致谢。

二〇一二年初秋

# 目录

Contents


祭红 \ 001

风来四面 \ 021

赝品 \ 047

饥饿 \ 069

天梯 \ 093

彼岸花 \ 121

墨梅图 \ 145

# 祭 红

## 1

那是一个春天的下午。可可推开窗户，又看到了那辆白色的宝马SUV，就在楼下，正对着她家的窗户，无声无息地停在那里。刚刚下了一场雨，小区院子里的路面还是湿漉漉的，那辆车却干干净净，白色的车身上一点污渍都没有。车旁有一株桃树，粉色的花朵兀自盛开着，一阵风吹过，几片被雨打湿了的花瓣飘落下来，在空中打了个旋，落在车顶上，更显得那车白得耀眼。

可可打电话给我。她的声音有点迟疑，她问，你现在忙不忙？

我晓得这个时候，她一定是像往常一样，一个人窝在家里画画。她的时间像她的心情一样，是散漫的，可以大把大把装在自己的口袋里，想怎么花就怎么花。我没好气地说，朱大小姐，我怎么能跟你比呢？你不看看现在几点，上班时间啊，我能不忙吗！

可可笑了，她说，你这么大声，是不是做事做得不好，又挨队长骂了？

是啊，他说我画得不对，我倒奇怪了，他又没见过犯罪嫌疑人，怎么晓得我画得不对？

你是怎么画的？

听受害人的讲述呀，她说眼睛细细的、浓眉、厚嘴唇，我就照着画啰。可是队长非要我把案卷从头到尾看一遍，说先要分析犯罪嫌疑人的心理，模拟他的犯罪轨迹,心里有这么个人了,再给他画像。

那是不错的,相由心生,有了深入的了解才能画得传神。我最近常梦见有一片桃花林,我走在里面,绕来绕去,迷了路,然后桃林就着火了,从远处开始烧,火不大,只是一点一点地朝我逼过来,我站在火光里,不晓得跑,只觉得好看,桃花好看,火光也好看。我这两天都在画这个梦境。

哦,那画好了我给你题个字——“命犯桃花”。我忍不住调侃她。我和可可是大学同学,学的都是陶瓷美术。在学校的时候,我门门功课都比她强,画也画得比她好,参加学校的陶瓷艺术作品展,还得过奖,大家都说我更有资质。可现在她年纪轻轻,开过个展,出过画册,俨然成了陶瓷美术界的新星。而我不过是个小职员,每天朝九晚五,过着平庸的小日子。她的画笔,是用来画桃花的。我的画笔,是用来画犯罪嫌疑人的。看着她,我不禁相信,人生在世真有命运这回事。

可可晓得我在调侃她,却不生气。她幽幽地说,你又不是不晓得我的难处,我这样子,不过是将就将就也可以罢了。然后,她轻轻叹了口气。我在电话这头都感觉到她的楚楚可怜了。可可家有三姐妹,她是老三,上头还有两个姐姐,生她的时候,她父亲盼着有个儿子,结果生下来又是女儿,她父亲看都没看她一眼就走了。取名字时,她父亲说,将就将就也可以,就叫朱可吧。这段往事她常常提起。童年时缺失的父爱,成了她心头永远的痛。

我心软了。我放下手里的案卷,说,朱大小姐,你打电话来肯定不是想和我探讨人生和命运,有什么事吗?

是,那辆车又来了,我有点担心。

哪辆车?我一时没反应过来。

就是那辆宝马SUV呀，有十多天了，每天下午都是这个时候，停在同一个地方。

我隐约记起前几天可可曾说起过这事，当时我还笑她神经过敏。我说，你们小区住着那么多人，人家车停那儿，不见得跟你有什么关系。说不定人家是佳人有约哩。

可可说，我原本也是这么想的，可是我好像隐隐约约看见车子里面坐着人，一直没下车，车子在那停多久，那人就在车上坐了多久。好几次我画累了，想休息一下，站在窗边往外看，每次都看见那人。而且，他好像也在朝我这边看，感觉很怪异。

我本想说，你们小区里像你这样有钱又有闲的人多了，这类人都有点怪异。但是话到嘴边又咽回去了。我耐着性子安慰她，大白天的，你们那又是高档小区，不会有什么事的。你大概天天画梦境，有点走火入魔了。这些天天气好，不如多出门走走。

是，前两天我出门了。回来的时候，张姐说有人到家来找我，还送了份礼物。张姐是可可家的钟点工，白天来，做好晚饭就走。

是什么人？

张姐说是个年轻男人，长得蛮帅的，衣着也很得体。他没说自己是谁，但是张姐说从来没见过他，应该不是我的朋友。

送了什么礼物？

送了一瓶红酒，法国的Lafite，1982年产的。这酒太名贵了，我想不出有什么人会送这样的礼物给我。

是不是那个开宝马的？

我也这样问张姐，张姐说好像是看着他往车那边去了，但是也没注意他是不是上车了。她也说不清。

哦，我晓得了，是高富帅。

姓高的？谁啊，我认识吗？

哈哈，你这都不晓得，高富帅——高大富有的帅哥啊，身材、相貌、财富样样完美无缺，是所有未婚女性的最佳择偶对象。

我跟你说正经的，你别开玩笑。

不开玩笑，你想，开名车，送名酒，而且大白天不用工作，天天守在你家楼下，只有一种解释——他是你的仰慕者，正暗恋着你。

我当时真的没有多想。我虽然当了几年警察，但一直躲在幕后搞技术，并没有真正办过什么案子。如果我像队里的老侦查员一样，懂得从多角度去分析可可的处境，也许就会发现疑点了。如果我提醒一下可可，给她出出主意，那么，也许后面的悲剧就不会发生了。

可可小心翼翼地问，你有没有时间到我这儿来看看？

现在？我有一大沓案卷要看，队长说明天要交犯罪嫌疑人画像，我忙都忙不过来。

那下班回家的时候，能不能顺路来一下？

晚上同事聚餐，会到很晚。我再一次拒绝了可可。

我以为可可应付这样的事情游刃有余。这种本领，是天生的。读书的时候，张山和李柿都喜欢可可，可可谁都没答应，也谁都没拒绝。张山学习好，给可可抄笔记，辅导功课，好不容易在校报上发表篇论文，还署上了可可的名字。李柿家里条件好，总是变着花样给可可送好吃的好玩的，请可可看场电影还常常把同寝室的姐妹们都带上。这样的游戏，他们居然乐此不疲。后来，毕业前，我和可可在同一家陶瓷杂志社实习。我认认真真准备了一份图文并茂的简历，并附上了各类资格证书和获奖证书。编辑部主任说我业务能力强，让我学着做美编。我常常加班到深夜，趴在电脑上画插图画得眼酸脑涨，领导还不满意，折腾我一遍遍返工。可可说自己什么都不懂。她人乖巧，这个大哥，那个大姐，叫得比谁都甜，倒茶送水买早点，跑前跑后总是笑吟吟的。主任说她需要学习，安排她在文化版做采访。约个陶瓷艺术家，在工作室坐坐，或者在茶楼喝喝茶，聊聊天，拍几张照片，把作者履历和作品简介整理一下，轻轻松松就搞定了。回来的时候还常常有艺术家的小礼物带给主任和前辈。大家都夸她能干，文章写得好。我后知后觉，过了几年才明白，可可写的文章到底好在哪里。

可可说，我这两天眼皮老是跳，总觉得心里不踏实。

我问，张姐不是在家吗？

今天周末，她下午休息，不会过来。要是你过来给我做个伴就好了。

有什么好担心的，有人暗恋你是好事啊。

你晓得的，我已经有男朋友了。

但是，从理论上来说，你的身心都是自由的。你完全可以做其他的选择。可可的"男朋友"宋先生是陶瓷美术界的成名大师，她在杂志社实习的时候认识的。宋先生才华出众，温存沉稳，言谈举止都流露出成熟男人独有的气息。只可惜，他年过不惑，早有家室。

可可却说，不管别人怎么想，我们是真心相爱的。这些年，他对我很好。和他在一起，我心甘情愿。

你还年轻，将来怎么办呢？

他正在办离婚，然后，他说他会娶我。他在郊外有一块地，我们可以盖间小房子，院子里种上桃树桂树，再挖个小池塘，养睡莲和锦鲤。每天画自己想画的画，画累了，就看着天上的云朵发呆。宜言饮酒，与子偕老。琴瑟在御，莫不静好。

我说不出话来。《诗经》里面是这么写的，说说话，喝喝酒，和你一起白头到老；弹弹琴，唱唱歌，岁月多么的安稳美好。不需仰人鼻息，不食人间烟火——这的确是很多女人，尤其是不小心沾染了艺术情结的女人所向往的生活。

要不，你叫宋先生过来陪你。

唉，算了吧，他这段时间压力很大，我不想再给他添乱。他老婆不肯离婚，闹得厉害。最近他们画院空出了院长的位置，他是最有条件晋升的。他不想因为这事受到影响，让我再耐心等一等。

要不，你可以边等边看看路边的风景？我含蓄地建议。

不会的，我原来是有点小女生的虚荣心，喜欢让人围着自己转。但是，这次真的不一样，我的心已经安定下来了。我们常常憧憬将来的生活，熬过这一阵子，一切都是美好的。我们会去欧洲度蜜月，在卢浮宫看画展，在普罗旺斯晒太阳，在西班牙的小岛上看日落……可可的声音无限温柔，似乎充满憧憬。

我忽然有点失落。我也出去旅游过，和单位同事一起，跟团坐大巴，天不亮就起床，一路颠簸，到了景点挤在人堆里，什么都没看清就回来了。去欧洲，而且把它当成自家后院似的，悠闲地漫步，我做梦都没想过。我不禁意兴索然。

我说，哎呀，不好意思，我们队长在叫我了。有时间再联系。然后，很果断地挂了电话。

其实，我应该多想想可可的好处。我第一次和喜欢的男生约会，她把自己压在箱底舍不得穿的最好的衣服送给我；我肺炎住院的时候，别的同学在医院坐都没坐，看一眼就走了，只有她一直守在身边照顾我；单位集资建房交首付时，我拿不出钱，她二话没说就借给我了……如果我这么想了，就不会在她需要帮助的时候，一再拒绝她。我是她唯一的朋友。我的拒绝，为她关上了最后一扇门。然后，她所有美好的憧憬，转瞬间化为泡影。

## 2

门铃声突兀地响起，“嘀嘟、嘀嘟……”很单调，也很坚定。可可正在画枝头的桃花，吓了一跳，手没稳住，笔头的颜料全甩在瓷胚上，一点一点的胭脂红，散乱地落下，像一群受惊的小鸟。

她迟疑了一下，走到门边，呆了半晌。门铃声持续地响起，一下一下敲在她的心里。门是从里面反锁了的，钥匙放在门边的鞋柜上。她找到钥匙，把门打开。门口站着位中年女人，穿着合体的套装，烫过的短发一丝不乱，五官仍是漂亮的，只是肤色略显暗黄，虽然妆容精致，但仍然掩饰不了双颊的褐斑。

那女人问，你是朱可吧？声音不大，甚至带着几分柔和。

可可疑惑地看着她，没答话。

你应该知道我是谁。

可可怔了怔，很快就反应过来了。

你不打算让我进门吗？既然开了门，总不能让我一直站在外边吧？

门是半开的，可可握着把手，愣愣地站着，开也不是，不开也不是。那女人伸手抓着门沿，稍一用力，把门拉开了。然后，径自走进来。可可仍然站在门边，不知所措。只听见那女人说，你不用慌，我也不是街头的泼妇，找上门来跟你打闹。我只是想来见见你，心平气和地和你谈一谈。其实，我也一直在想该跟你说些什么。这对我来说，也不是一件容易的事。

可可明显感到有一种压迫感，她咬着唇，心扑扑跳着，像是一只慌张的小兔。

那女人巡视了一圈，像在自己家里一样自然。这是套三房两厅的居室，南北通透，布局合理，显得很宽敞，家具不多，但是很时尚，再加上一些小装饰，温馨之中充满了艺术气息。只是家里处处留有宋先生的痕迹，衣帽架上的外套、茶几上的烟斗、桌子上的剃须刀、床头的报纸，根本来不及掩饰。就算收拾好了也没用，因为这个房子的每一个角落都弥漫着宋先生的气息，可可相信那女人像自己一样，可以非常敏锐地捕捉到这种气息。

但是，那女人神色未变，依旧是柔和的。

可可定下心来，试探着说，大姐，您请坐，我去倒茶。

那女人嘴角动了一下，忽然很锐利地看着可可，说，你不要叫我大姐，我虽然不想和你吵闹，但也没有亲近到可以跟你做姐妹。你叫我宋太太就行了。

是，可可尴尬地站着。宋太太走过去，轻轻抬起她的下巴，逼视着她。可可穿着件米白色的宽松的针织衫，深蓝色的棉布休闲裤，素颜，肌肤细腻水嫩，眼神是灵动的，清澈却又有水波流转，天然卷曲的黑色长发用一条丝巾很随意地束着，蓬松地散落在肩上。宋太太说，你比我想象中更年轻，也更——怎么说呢，更有气质。你这样的女人，还真是个尤物。

可可扭过脸，有几分愠色。

宋太太并不生气，她转过身，拿起摆在隔厅柜上的那瓶红酒，仔细端详了一番，说，你对酒还算有品位，是老宋调教出来的吧？Lafite是他最喜欢的牌子，这瓶酒还蛮正宗的。茶就不用倒了，这酒倒可以品一品。

可可犹豫了一下，想拒绝，又找不到理由。

舍不得？宋太太的语气有几分揶揄。

可可只好接过酒，去厨房找来开瓶器和酒杯，打开酒，斟了两杯。

宋太太接过酒杯，闻一闻，脸上泛起古怪的笑容，很快又收起了。她看可可还戴着袖套，便问，你正在画画吗？要不领我去你的画室看看。

当时宋先生为可可选房的时候，特意挑了这栋楼最西边的一套。西面的大房间两面墙都是透明的大窗户，既宽敞又亮堂，正好辟为画室，窗前摆张大条案作为画桌，画桌正对着的一面墙是定做的大柜子，放着书籍、画册，还有一些陶瓷作品。

柜子正中央醒目的位置，放着一个大瓷瓶，通体红色，釉面深沉安定，润泽晶莹，如红宝石一般熠熠生辉。宋太太看见那瓶子，不由走过去凝视许久，又轻轻抚摩着瓶身，手指竟有些许的颤抖。她问可可，你懂这瓶子吗？

可可答，这是祭红的玉壶春瓶，祭红的瓷器烧成率很低，尤其是这样大件的，要想釉色这样完美，没有瑕疵，是非常难得的。

你只知其一，不知其二。这是五年前我和老宋一起送去北京参展的作品。为了这件作品，我们不晓得苦熬了多少个日日夜夜，失败了无数次，终于得到这么完美的一件。传说祭红瓷是老陶工的女儿为了救父亲，跳入烈火熊熊的窑膛，用鲜血和生命染红的。对我来说，这个瓶子同样是用心血染红的，是我们夫妻同心创造出来的。

我不晓得它对你有这样的意义，可可斟酌着说，我可以还给你。

怎么还？你要还给我的岂止这一个瓶子！这瓶子送去参展的时候艳惊全场，几个东南亚的客商出高价购买，我们都没舍得。去年老宋说要拿去送给一位重要的客人，说了好多次，我才勉强同意了。想不到竟然会在你这里！

不是我要他这么做的，我并不贪图他的钱财。

宋太太看一眼可可，不再与她争执。她摆弄着可可的习作，说，有没有人告诉过你，你并无绘画天分？

他说过我基础不是很好。虽然学了这么长时间，可惜被规矩束缚了，只晓得小心翼翼地临摹，每一笔都无神无采，就像是走进了死胡同。

然后呢？

他正好开了个讲座。我那时在杂志社实习，不是很忙，就经常去旁听。他很有才华，班上的同学都很崇拜他。他让我们见识了另一片天地。我那段时间很努力。我原来只是喜欢画画，但是，听了他的课之后，我才晓得画画可以是一种灵魂的对话。

宋太太沉默了。

可可接着说，也许你不相信。我起初并没有想到会和他在一起，我只是单纯地崇拜他，他也是想把我当成一个好学生悉心培养。后来，我们发现自己总是不自觉地想和对方在一起，开心的事情想彼此分享，难过的时候看到对方心情就好了。当我们意识到这种感情时，我们也曾经逃避过，抗拒过。他还曾经想把我介绍给他的学生。

是小赵吧？他是个聪明人，怎么会看不穿你们的小把戏！

也许在你看来是把戏，但我们真的是情不自禁。那天晚上，他喝醉了，在我家楼下，说有东西送给我。可可说着，从书柜中取出一幅卷轴，缓缓展开。画的是春天的桃树，桃树本是繁复热闹之物，那画却画得寂静无语，驿外，小桥流水，青瓦白墙的村舍在晨雾中若隐若现，那株桃树忘我地盛开着，竟无半点烟火气。画面右上角题着一行字：“江南无所有，聊赠一枝春。”

可可说，他告诉我，我就像这株桃花，正是艳丽盛开的时候，可是他看见我，心反而静下来，所有的烦忧和杂务似乎都过滤掉了。他抱着我，问我能不能理解他。我好感动。我没有办法控制自己。

宋太太的脸色越来越难看。她冷冷地说，聊赠一枝春？他送给你的春天可都是真金白银换来的。你晓不晓得我们这里有多少人在画画，又有多少人画了一辈子都出不了头，你这种资质的，走在街上一抓一大把。你出画册办作品展，都是他掏钱，他还卖着老面子四处推荐你，请名家给你写评论捧场。你不觉得自己是用色相换来的吗？

可可反而有了一种豁出去的坦然，她不卑不亢地说，我承认，他给了我很大的帮助，但是，我也给了他很多灵感。他说这几年他都过得很苦闷，天天被逼着画一些应酬之作，感觉自己像个赚钱机器。和我在一起，他才焕发了激情，重新找到了创作的春天。我们是彼此相爱的。

爱？你懂得什么是爱吗？我和他结婚二十年了，当初我们挤在租来的小房子里，我宁愿苦自己，也要把最好的给他，别人不理解他的作品，是我鼓励他，从娘家借钱来给他搞创作，我们一起吃了这么多苦，风风雨雨都经过了，难道这不是爱吗？

这样的经历我是没有资格评价的，但是爱应该是轻松的，愉悦的，甜蜜的。如果把曾经的苦难作为要挟对方的筹码，那不是爱，而是交易。

你敢说你没有权衡过自己能得到什么好处吗？

我并没有你想的那么市侩。他说过如果你愿意分开,他可以放弃所有的财产。

为什么一定要离婚?

也许你听了会不高兴。他说你太强势了,他和你在一起感觉很压抑。

宋太太冷笑了一声,说,是为了那件《春风又绿》吧?

《春风又绿》是宋先生专门为可可创作的一幅瓷板画,准备作为情人节的礼物送给可可。画面是在江南春天的郊外,宋先生和可可在一户农舍前,宋先生悠然地席地而坐,可可伺立一旁,一把黑色的长发,正随风飘扬,远处,一对雀鸟双双飞过……那天,宋太太陪两位外地的客商去宋先生的工作室,一进门,就看见了这件瓷板,刚刚烧成,还带着窑火的余温,非常扎眼地挂在工作室的中央。宋太太的心里立刻如明镜一般。但她不动声色,尽量压抑着内心的五味杂陈。宋先生是艺术家的性子,天生一种孩子气的不羁,他还以为自己隐瞒掩饰得妥妥当当,心中暗自得意。谁知,第二天一回家,居然看见了那件《春风又绿》就挂在厅堂最显眼的位置。宋太太笑着说,感觉家里的装修太沉闷了,换上你的新作,想给你一个惊喜。宋先生噎了半天,感觉像是被人打了一闷棍,心痛非常,却无处诉说。此后,宋先生进进出出,就在自己家里,在家人的注视下,每天看着自己和自己的小情人。而且,每次来了客人,宋太太都会拉着宋先生,让他介绍这幅作品,立意如何,工艺如何……她则在一旁优雅地笑,就像是一位毫不知情的温良淑德的贤妻。宋先生终于敌不过太太的坚韧,败下阵来。他在某个深夜如鬼魅般起床,取下瓷板,亲手将它砸烂。从此,他将自己的画室改名为"无春堂",并刻下一枚"花落无春"的印章。

其实,宋太太不晓得,正是她的步步紧逼,成全了可可。宋先生给可可买了房子，亲自设计装修，把可可从那个拥挤逼仄的单位宿舍中接了出来。因为，艺术家的人生，是不能没有春天的。他让可可辞了工作，安心在家画画，当然，还有一件事——等他，从白天到夜晚，随时随刻。他喜欢每天一进门就看见可可那阳光般毫无芥蒂的笑脸，他喜欢可可仰起头用崇拜的眼神看着他，他喜欢可可年轻的身体像春天的草地一样有着水汪汪的湿润。如小猫般温顺和柔弱的可可让他觉得自己是如此的强悍，如此的自由。

宋太太叹了口气。一个女人纵有再多心机，也挽回不了男人变心时的决绝。何况，是以爱的名义。

可可说，也许你无法理解，有时候，我们自己也觉得奇妙。你读过米兰·昆德拉的《生命中不能承受之轻》吗？里面有段话，他曾经读给我听："她病了，他不能像对别人那样把她送回家。她睡在他床上时，他跪在她身边，意识到是什么人把她放在草篮里顺水漂来。爱情始于一个比喻，这就是说，当一个女人往我们的诗情记忆里送入第一个词，这一刻便开始了爱情。"在书中，托马斯遇到来自波希米亚小镇的姑娘特丽莎之后，"感到了一种无法解释的爱"。他说，我们之间也是这样，这是一种无法解释的爱。

无法解释的爱，宋太太喃喃地重复着。她仰起头，翕翕鼻子，忍住了随时会夺眶而出的眼泪。她说，那么，让我们为了无法解释的爱，干一杯！

可可长长吁了口气，举起酒杯，一饮而尽。

3

不知什么时候，太阳又出来了，阳光从西边天际的云朵上照射过来，透过洁净的玻璃窗,洒在画室里。

宋太太坐在书柜旁,仰身靠在椅背上,似乎很疲倦,脸上精致的妆容有点花了,更显得肤色黯淡。她说,我决定来找你时,设想过很多种场景,应该怎么来处理。但是,你并不像老宋描述的那么懵懂单纯。你想过有一天会见到我吗?你觉得你会怎么面对我?

我曾经和他谈起过。说实话,我很害怕,这样的场景,我应付不来。然后,他说我不必要面对你,他会处理好。

是的,他把你藏起来了,以为我找不到你。我确实很晚才知道。这样的事情,妻子总是最后一个知道的。身边所有的人,他们都不声不响,愿意做同谋。

可可看着宋太太的颓然,倒不免有几分心酸。她说,我也晓得,这样的事情,总是有人会受伤的。不管怎么样,我觉得我还是应该向你说声——对不起!

宋太太苦笑一下,说,你觉得我有他描述的那么可怕吗?

不,我不觉得,相反,我觉得——可可小心地斟酌着措词——我觉得你算是通情达理的。

是的,老宋太小看我了。我认识他的时候,就像你这个年纪,那时的我也像你现在一样,充满了青春活力。我们也是谈恋爱过来的,虽然没有钱,日子过得紧巴巴的,却很开心,也会闹别扭,但是很快就会和好。他曾经对我非常体贴,我出门穿什么衣服,他都会帮我选好,每一次出差,总会带礼物回来,我还常常责怪他,说他浪费钱。现在,他话都不愿意跟我多说一句,晚上家里沉闷得像一口深井。我只好把电视机的声音尽量开大一点,我害怕那种死寂。他又嫌我吵他了,他看都不愿意看我一眼。

可可搭不上腔,只好端起酒杯,默默地啜着。

宋太太自顾自地说，这么多年，我凡事都是以他为中心，家里大大小小的事情我全包了，只希望他生活得安逸一点，可以全心去创作。他就是我生活的全部，没有他，我的世界也坍塌了。我看过香港一位女作家写的文章，她说女人最大的天敌不是第三者，而是岁月。岁月改变了他，也改变了我。不同的是，他的世界越来越广阔，我的世界却越来越狭隘。我也是读过书的人，这个道理我懂。但是，我已经没有还手的力气，不抓牢他，我就一无所有了。我曾经去看过心理医生，医生说我有抑郁症，要好好调理，不然，会引发其他病症。宋太太说着说着眼泪就出来了。

可可默默把纸巾递给她。

宋太太说，你可能不晓得，我前些年动过手术，卵巢里长了个东西，切除了。自那以后，身体就越来越差，上个月我去医院检查，医生说又长出来了，而且这次很可能是恶性的。

他知道吗？

我没告诉他，说了也没用，他早就不关心我了。我刚患病的时候，他还会客客气气地问两句，后来，问都懒得问了。我们之间越来越疏远。他曾经和朋友说过，画自己不想画的画，就像是没有欲望还要做爱。我晓得他想说什么。他以为只有他是痛苦的，其实我比他更痛苦。我早就不需要性爱了。但是生理上的提前衰老是过度劳累造成的，是因为这么多年我为他付出了太多的爱。

你恨他？

恨？不，我爱他！你还年轻，以为爱就是为一个人的表象着迷，或者是身体的欲望。爱对你们来说，是一件轻飘飘的很容易的事情。二十年的时间，柴米油盐，磕磕绊绊，吃了那么多苦，难道不是爱吗？水滴石穿，相濡以沫，我以为，这是一种更深沉、更彻骨的爱。

但是，有些事情过去了就过去了，是很难挽回的。

老宋他只是糊涂了，他不晓得，表面上看起来越美丽的东西，越是致命的。宋太太指着书柜上那个祭红的大瓷瓶，说，你看这祭红的瓷瓶，自古以来就被蒙上了神秘的色彩。相传明代宣德年间烧制出祭红瓷后，它的釉料配方就失传了。后世的人尝试过很多种方法，有的甚至不惜工本，将黄金、珊瑚、玛瑙、玉石等珍贵之物碾成粉末掺入配方中，但都没有制成真正的祭红，不是色彩不纯正，就是釉面出现裂纹。你晓得我们有什么秘方，才可以制出这么完美的祭红吗？我们在釉料配方中加入了砒霜。砒霜你晓得吧，剧毒，只要一点点，就可以让人死得无声无息。

宋太太把小指头伸到可可眼皮底下，比划给她看。她的手指纤细，指甲长长尖尖的，涂着指甲油，血红色的，有一股迫人的寒气。可可不由吸了口凉气。

宋太太说，在那些夜晚，我一个人躺在床上，睡不着觉，睁着眼睛到天亮，家里空荡荡的，那么大，一片死寂。我想到他和你在一起，我就控制不住我的仇恨，我恨你！那时我想，如果见到你，我要狠狠地给你一耳光。甚至，我希望你去死！

宋太太说着说着竟笑起来了。可可只觉得那笑容异常诡异，似乎人生的无常都包含在里面了，疾患、背叛、伤痛，还有死亡。

宋太太说，老宋并不是真的爱你，他想要的只是你青春的肉体。你是学美术的，不会不知道，很多艺术作品都是来源于身体的狂喜。他只是需要你给他某种新鲜的刺激而已。

我不信！

我和老宋一起生活了二十年，比你更了解他。在他的生活中，像你这样的女人，不是第一个，也不会是最后一个。在你之前，他曾经跟展厅的一个服务员好上了，那女孩子怀孕了，哭哭啼啼闹得不可开交，老宋躲起来不敢露面。是我带那女孩去做的流产，给了她一笔钱，就打发了。那个乡下丫头，也像你这么年轻水嫩。

我们是不一样的，可可犹豫了一下，仍然坚决地说，就算是这样，我也不在乎。我愿意给他我的一切。除非他亲口告诉我，他不爱我了。可可忽然意识到，爱，成了她最后的筹码。但是，爱这样说不清的东西，又何尝不是虚无的呢？

宋太太仍然不依不饶，她咬牙切齿地说，你晓不晓得，有一种爱，叫做求而不得，越是得不到，越觉得好。你们现在卿卿我我，是因为你们在偷情！将来，你们真在一起了，日子就没这么好过了。做他的妻子，需要有足够强壮的神经，经得起砂纸般的打磨。他内心还是孩子气的性情，处处要别人照顾，自己都不晓得自己想要什么。女人的青春是短暂的，你也会老的，就算不老，要不了多久，他也会对你厌倦的。

一束阳光透过窗户，直射在可可的眼睛上，可可闭上眼睛，陡然觉得很憋闷，头晕晕的，有点喘不过气来。

这时，突然响起了手机铃声，是可可的iphone。手机放在画桌上，可可正要伸手去拿，却被宋太太一把抢过。大屏幕上是宋先生的笑脸，"老公"两个字不停地闪烁着，刺激着宋太太的视网膜。画桌上有一个大笔洗，里面装满了水，因为刚刚洗过胭脂红的画笔，水微微泛起红色。宋太太有点歇斯底里地笑着，狠狠地把手机扔进了水里。"扑通"一声，铃声沉寂了。

可可有点慌了。

宋太太举起手里的酒杯，冷冷地说，你知道这瓶酒的来历吗？这是我和老宋去法国的时候，那边一个陶瓷收藏家送的。我们一直留着，准备到结婚二十周年的时候用来庆祝。二十年的感情，这么容易就被你毁了。你想过没有，我也是个女人，我也有自己的欲望和情感。

不是的，你弄错了。这酒是别人送给我的。

你好好想想，我的车在你家楼下停了十多天了，送酒来的小伙子是我的司机，是我安排的。还有谁会送你这么名贵的酒？我们这个地方，圈子这么小，你的底细大家一清二楚，你以为还会有人追求你吗？

为什么？为什么送酒给我？

你这么聪明，开酒的时候，没发现瓶塞不是原装的吗？我送来之前已经开过了，掺了一点东西进去，专门为你准备的，就这么一点点。宋太太又伸出她的小指头比划着。

你不是也喝了吗？

医生说我已经是癌症晚期，反正时日不多了。你就不一样了，你还这么年轻，这么水嫩。你还没感觉到痛苦吗？有没有额头冒汗，心跳加速？不过，你喝得不多，如果及时去医院洗胃，虽然会痛苦一点，命还是保得住的。

可可双腿发软，浑身无力，赶紧往门外逃。宋太太却拦在面前，一把抓住她，说，你不是愿意给他你的一切吗？还有什么比你的性命更珍贵的！

可可用力挣扎，喊道，求求你，放开我，我保证再也不会和他在一起了！我再也不会和你争了！

那你说你是不是为了他的钱？

是，是，我是骗他的，我是为了钱。

那你还敢不敢叫他老公？宋太太把可可逼到了书柜边上，一手按着她，一手掐着她的脖子，追问着。

可可已经没有了退路，只感觉脖子上的那只手越来越用力。她情急之下从身后抓起一件瓷瓶，用力朝宋太太砸去。宋太太瘫倒在地上，身旁是一堆红色的瓷瓶碎片。血从宋太太的额头渗出来，滴在碎瓷片上，那红色更鲜艳了，闪耀着红宝石一般夺目的光芒。

## 4

宋太太送到医院时，已经昏迷不醒，而且，至今都未醒来，只能靠身上插着的无数根小管子维持生命。我们在她的包里找到了一支录音笔，里面记录下了她与可可会面的全过程。那瓶酒，我们送去化验，发现只是一瓶普通的红酒而已，没有砒霜，也没有其他任何一种毒药，瓶塞也是原装的，没有拆封过的痕迹。她的司机说，她只是想用这个办法，逼迫可可露出“真面目”，坦白心底那些不干净的见不得人的欲望。然后，让宋先生迷途知返。在她看来，宋先生还是个需要保护的孩子，一时贪玩，迷了路，被别人精心编织的丝网绊住了。她想让他清醒，把他领回家，就像以前她曾经很多次做过的那样。

可可因为涉嫌故意伤害，至今在押。至于宋先生，我再也没有见过他，不知他当上了那个院长没有，恐怕很难。不过，经过这件事，当不当院长，对他来说，也许已经不重要了。这两个女人的爱，就像一块沉重的巨石，压在他的肩上，他将背负着它，不得喘息，无法停歇。然后，慢慢地走向衰老，直至死亡。

# 风来四面

## 1

十年没见，卓尔还是那么漂亮。

我隔着一条街，远远就看见了她。入夜时分，市中心的休闲广场人来车往，华灯闪烁。她站在广场东面的花台边，正朝我招手。哪怕在人群之中，她依然是夺目的。身材高挑的她，穿着一件碎花的丝质长裙，外套一件月白色的针织衫，背着一个时尚的浅紫色单肩包。初夏的微风吹起她的黑色长发，发丝像轻柔的手指般掠过她的脸庞。那一瞬间，我恍然觉得人群都隐没成了背景，浮光掠影，光阴匆匆，更衬托出她灵动的风情。

卓尔是我的好朋友。我们是高中同学，那时候，她坐在教室最后一排，因为已经在学美术，所以常常下午上了一半课就夹着画板出去写生了，不请假，也不和谁打招呼。班上的女同学大多不喜欢她，说她怪怪的，性子孤傲。只有我和她亲近。我觉得她身上有一种神秘的气息，不是特别叛逆，却有一种一意孤行的决然。或许，是因为她比我们更早成熟，当我们踩着拍子在原地打转时，她已经走出好远了。她从美术学院毕业后，在上海一家港资公司工作，三年后嫁到了香港，夫君是一位家境殷实的企业家。听说，卓尔还成立了自己的珠宝设计工作室，事业颇有所成。

这些年，我们联系不多。大家各有各的生活。人生腾挪辗转，甘苦自知，很多事情，环境不同，心境自然也不同。然而，情意不会变。卓尔打电话约我见面时，我很开心。

广场上很嘈杂，闹哄哄的。我跟卓尔说，这么多年没见，我还以为会看到一位发了福的阔太太呢，想不到你还是这么清雅可人，一副文艺女青年的模样，真叫人羡慕！

卓尔笑着说，你不要取笑我，我可是一回来就打电话找你，有好多话想跟你说哩。

我说，要不，我们在附近找一个安静的茶楼坐一坐。

卓尔却说，不用，我记得我们读书的时候，广场边上有很多夜宵摊，我们下了晚自习，经常来吃。夏天的时候，来一碗麻辣拌粉，再配上一杯水果刨冰，不晓得多过瘾。

夜宵摊是有的，拐过前面那栋楼就到了。不过，环境不太好，露天搭个棚子，摆几张桌子，一家挨着一家，油烟又重。你看你一身名牌，坐在夜宵摊的板凳上，恐怕不太相称。

有什么要紧？我偏偏喜欢那样，又好吃又热闹。

于是，我们拣了家最热闹的夜宵摊，在路边槐树下找了个空位。我正想找纸巾擦一擦桌椅，卓尔已经坐下了。刚刚入夏，暖风阵阵吹过，卓尔身上Chanel5优雅的香气飘拂在空中，与槐树的花粉味、炒菜的油烟味混杂在一起，反而有了一种市井的活泼。

我问卓尔，好些年没联系了，你还好吗？

卓尔答，挺好的，那边生活节奏快，整天忙忙碌碌，一不留神就过了这么多年。前两年我把爸妈也接过去了，和老家这边联系更少了。

怎么这次突然回来了？是有事吧？

是，家里的事。我伯父去世了。

哦，是回来参加葬礼吧？我晓得卓尔和她伯父感情很好。卓尔的名字就是伯父取的，卓尔不群，多好！

卓尔叹了口气，有点伤感。她说，我伯父上个月就去世了。当时，我正在国外参加一个推广活动，都没来得及赶回来见他最后一面。现在心里还是哽哽的，觉得好愧疚。

我安慰她说，你有心就行了，他在九泉之下会体谅你的。我记得伯父他人很和气，我还跟你一起去过他家吃饭哩。

伯父他一直很宠爱我。我学画画，他是我的启蒙老师。而且，这么多年过去了，读书、交流、做设计，也经历过不少，可回头看一看，仍然是他对我的影响最深。

伯父是画陶瓷的吧？

是，伯父擅长瓷画的山水和花鸟。我从小跟着他学画，他却一直不让我碰陶瓷，一定要我从素描开始，然后是水粉和国画，一步一步，循序渐进。他说学画陶瓷急不得，一定要打牢基础，广泛涉猎，眼界开阔了，再画陶瓷才事半功倍。如果一开始就画陶瓷，只晓得一笔一画临摹，一旦染上了匠气，就很难去除了。可惜，我跟着他学画学了十多年，还没开始画陶瓷就转道去做设计了，真的很辜负他。

听说是在做珠宝设计吧？

是，香港人喜欢珠宝，做珠宝设计市场很不错。其实，我做得好还是要感谢当年伯父替我打下的基础，他的艺术理念和审美情趣给了我很多灵感。上次参加一个国际的珠宝设计展，我想起小时候他教我临摹清末皇室溥靖秋的工笔蛱蝶，背景是淡彩写意的繁花，花间蛱蝶不粉不艳，意态娴静，韵致幽森，虽是寻常世俗之物，讲究的却是井然的分寸和庄重。我便依此风格设计了“梦蝶”系列，还得了奖呢。卓尔说着，从包里拿出一个精致的丝绒小盒子递给我。

我打开一看，是一枚镶嵌着珍珠与宝钻的蝶形胸针，用材奢华夺目，造型却古朴内敛，确实有一种凝重而高贵的宫廷气息。

好看吗？卓尔笑着问。

太美了，让人爱不释手。

送给你，好不好？卓尔柔声说，倒像是在求我。

不用不用，我天天两点一线，离了家就去办公室，进了办公室也是个小警察，上班还得穿着制服，这么贵重的东西，根本都没机会戴，给了我真是浪费了。

那你就留着做个纪念吧，这款胸针是限量版的。我还担心自己以后做不出这么好的设计呢，伯父又去世了，恐怕没人可以给我灵感了。

这次回来是特意给伯父扫墓吗？

那倒不是，我本来想明年清明专程来给伯父扫墓的。

那怎么又这么匆忙赶过来了？

卓尔沉吟了半晌，才幽幽地说，我是回来处理伯父留给我的遗产的。

遗产？给你的？我惊讶不已。我印象中卓尔的伯父是我们这一家国营艺术瓷厂的普通画工，早就下岗了，前两年碰到他，他还住在弄堂里的老房子里面，他能有什么遗产？还是留给卓尔的？

是不是有什么家传的古董留给你？虽然我晓得自己问得俗气，但还是忍不住脱口而出。

没有，伯父去世时已经身无长物，也没什么积蓄，入殓的费用还是我爸妈从香港赶过来支付的。留给我的，就是他住的老房子。卓尔笑着解释，似乎有点尴尬。

伯父去世时多大年纪了？我在猜他是不是老糊涂了，只是说不出口。

年纪不大，六十多，还不到七十。他是突然猝死的，之前并没有征兆。但他的遗嘱去年就写好了，应该是经过了深思熟虑的。他没有跟任何人提起过，谁都不知道他有这样的想法，是前些天家人整理他的遗物时才找到的。

他还有什么家人吗？

这事说来是伯父一生最大的遗憾了。伯母是大家闺秀，出身书香门第，知书达理，温柔贤惠，和伯父感情非常好，我还有一个堂姐，也很孝顺。虽然不是很富裕，但一家人相亲相爱，本来是过得很幸福的。哪晓得前几年天降横祸，堂姐出交通意外死了。自那以后，伯母就彻底垮掉了。她天天念叨着堂姐，渐渐神志不清了，没过多久也去世了。我见伯父孤孤单单，怕他想不开，本想把他也接去香港的，可他说还要帮忙照顾外孙，一直不肯过去。

你堂姐夫呢？

姐夫他下岗了，条件不是很好，好像人也不太争气，喜欢赌博什么的。

也许是伯父对你姐夫太失望了，所以一气之下不想留任何东西给他。伯父又宠爱你，就想留给你最合适了。

但是外孙始终是姐夫在照顾的，而且我真的不需要伯父为我做什么，尤其是物质上的东西。我们大家都不理解伯父，不晓得他是怎么想的，尤其是姐夫，都不理我了，说我们一家都是怪人。

说了你别生气，我记忆中你伯父是有点怪怪的。有一次下暴雨，他一个人去后山，望着天发呆，山脚有亭子他不晓得去躲，淋得跟落汤鸡似的，到了家身上还在滴水，他不晓得冷，还乐呵呵地笑。还有一次，我去找你，看见他趴上邻居家的鸡窝边，像小孩子似的跟鸡说话，鸡窝里臭死了，他还一个劲地把脸贴过去，有两只公鸡在打斗，扑腾得他一头一脸的灰，他都没感觉。我都不好意思告诉你。

卓尔一点不生气，反倒开心地笑了。她说，伯父就是这样的，你不懂。你要觉得这是怪的话，那我也怪了。家里人都说我是得了伯父的真传。

呵呵，我笑着不答话。我想起前两年看见伯父，灰白着头发，胡子拉碴，眉目不清，穿着一件圆领的白色棉汗衫，在弄堂口跟环卫工、板车工一起下象棋，平凡得像空气中的尘埃一样。可眼前的卓尔，亭亭玉立，妆容精致，举止优雅，动静之间都有一种脱俗的美。反差太大了！

卓尔说，你不要光看表面，我们骨子里是一样的。尽管人生的际遇不同，但是，有一些东西，是我们陈家血脉相承的，流淌在我们的血液里，永远不会磨灭。

我还是不明白。而且，我也没有料到，我很快就会明白过来，对伯父，还有对卓尔，二十多年的交往，都没有明白的事情，会在突然之间顿悟。

我想起伯父家地处老城区，这几年城市改造，那条弄堂已经列入拆迁规划了。我问卓尔，你打算怎么处理那老房子呢？

卓尔说，其实那房子是伯母家的祖屋，民国初年建的，算来有近百年的历史了。不过，后来几经波折，我们有产权的只有其中一小角了。反正政府也准备拆迁了，我想在这边委托一个律师，谈好协议拿到拆迁款后，就转给堂姐的小孩，他正在读书，正是花钱的时候。房子里的一些旧家具、衣物之类的，也不是什么值钱的东西，就送给邻居算了。只是，还有一件事，办起来麻烦一点。

什么事？我能帮上忙吗？

我回来后住在宾馆，还没去老房子看过，不过，我听家辉说，老房子里还有不少伯父的陶瓷作品，瓷瓶、瓷板之类的，大大小小都有，都是伯父的心血，虽说舍不得，但要我带去香港终归不方便，我正想着要怎么处理。

你已经和家辉见面了？有什么感觉？我促狭地眨眨眼睛。家辉是卓尔的初恋，当年俩人卿卿我我情浓如蜜。他是我们的同学，也曾跟着伯父学画，现在已是陶瓷工艺美术师，算是小有成就了。

卓尔笑问，你说什么感觉呀？

旧梦重温，身心荡漾。至少我晓得他对你始终念念不忘。

卓尔蹙了蹙眉，吟了一句诗：藕丝作线难胜针，蕊粉染黄那得深。

我怔一怔，想起这诗出自晚唐诗人温庭筠的《懊侬曲》，用词虽然香艳华丽，然而，其中情意已是云淡风轻，了无负累。

卓尔说，听说这些年艺术陶瓷的市场很火，价格年年攀升。我想找个信得过又懂行的人，帮忙把伯父的陶瓷作品卖掉，最好是卖给懂得欣赏的人，也不枉伯父一番心血。只是苦于找不到合适的人，不晓得家辉行不行？

家辉一介书生，不一定能办好。听说，他老婆很能干，家里家外，不论什么事都是老婆做主。他老婆管他管得很紧，平日里零花钱都不多给。他的印鉴也是老婆管着，老婆不同意，自己的作品都不能卖。

那就让他老婆帮忙，可以吗？我可以付佣金给她。

你倒是襟怀坦荡，可人家未必这么想。这些年，他老婆可是吃了不少你的干醋！

那怎么办？

要不，我帮你想想办法。我们单位的队长是个风雅的人，喜欢和陶瓷艺术界的老师们打交道，朋友多，路子广，自己闲时也玩玩收藏。我让他帮忙，应该没问题。

果然，队长很爽快地答应了。过了十来分钟，队长回话说，已经请了一位市里有名的陶瓷评论家兼收藏家，姓莫，约好明天上午就去伯父家，先看看作品，再商量怎么处理。

满月当空，夜宵摊越发热闹起来。我和卓尔又絮絮地说了很多闲话，青春的旧事，故人的过往，还有分别后各自的生活，如珠玉般散落着。分手时夜渐深沉，我们约好明天一早直接去伯父家见面。

## 2

伯父家在老城区的弄堂里。弄堂不宽，直直的，早先，弄堂的小径上铺着平滑的青石板，两侧住家的砖墙是深褐色的，有着被窑火烧炼之后的斑驳，墙面上栽种着藤类绿色植物，大片大片的枝叶迎着阳光肆意生长着。据说，民国那时候，半边弄堂都是卓尔伯母家的产业。不过，今非昔比，卓尔很少提起这些陈年旧事。

如今，弄堂里的水泥路坑坑洼洼，砖墙上的白石灰大片大片地掉落下来，垃圾就堆在弄堂口，经年累月，散发着清除不掉的异味。这样的弄堂占据着城区的黄金地段，在四周漂亮的商场、小区和花园的映衬下，显得破败而零乱。

前些年，弄堂里很多家都把原先的瓦房拆了，就地建起了几层楼的砖房，建不起楼房的，也修修补补改头换面了。只有伯父家从未动过，还是保留了最初的原貌。双开的大门漆成暗红色，镶着铜制的门环，进门后中央是天井，房顶很高，天井前面是中堂，两边是房间，屋梁、门窗和板壁都是木头的，上面雕着各种图案纹饰。家具也是旧的，八仙桌、靠背木椅、梳妆台、带铁搭链的木橱，天井下的大水缸里还飘浮着两枝粉色的睡莲。

我进屋时，看见卓尔正在和三叔说话。三叔是伯父的老邻居。

三叔说，原来这院子里住了好几户人家，后来陆陆续续都搬走了，条件太差了，雨下大一点就漏，上个厕所要走好远。前两年我的崽也想接我们走，我没走，住惯了。再说我们一走，这里就剩你伯父一个人，没人照应，孤孤单单的，我放心不下。

卓尔说，我晓得伯父生前和三叔三婶感情最好，这些年，伯父吃了好多苦，多亏你们照应。三婶身体还好吧？怎么没看见她？

三叔说，今天是你伯父的尾七，她一大早就去买祭品了。你们洋派人，不作兴这些。我们老一辈是信的。昨天晚上你伯父托梦给我，他叫我陪他吃酒，说是心情好，多年的心愿可以了了。他肯定晓得今天你会来。

卓尔听着，眼泪就出来了。她说，伯父的灵位在哪里？我去给他老人家上炷香。

三叔从裤兜里摸出钥匙，把中堂左边的一扇房门打开。里面是伯父的卧房，非常简朴，木床、木柜、一把旧电扇而已。卓尔上完香，清点伯父的遗物，见一些衣物都是旧的，不仅过时了，还洗得发白，更加心酸。她说，我晓得伯父过得不富裕，却不知道这么清苦。我也经常寄钱给他的。

三叔说，你伯父有点钱，都拿去贴补外孙了。你姐夫要么不来，来了不是搬瓷器，就是要钱，一下说要交学费，一下又说崽不舒服要看病，反正只要他来要，你伯父就给。

卓尔问，怎么会这样呢？

三叔说，我和你三婶也劝过他，可他不在乎。你伯母去世后，他很少出门，天天关起门在家里画瓷器，画起来饭都不记得吃，还是你三婶经常给他留一点吃的，热在炉子上。有时候，他从床底下翻出一瓶老酒找我一起喝，我就晓得他肯定又画成了一件好东西。

是啊，伯父就是喜欢喝两盅，伯母也总是依着他。那酒肯定还是伯母当年备下的呢！

去世前半个月，他拿了瓶陈年老酒，我们哥俩就着几碟小菜边吃边聊。当时，他心情很好，身体也还健旺。第二天不晓得出了什么事，他关起门来在屋里画瓷器，一个多星期没出门。去世前那个晚上，我听见他半夜还在咳，第二天没见他出门，我们以为他还在画画。到了下午还不见他，就到画室去找，发现他趴在刚刚烧成的一件瓷板上，身子都硬了，也不晓得是什么时候过的。瓷板上有一摊干了的血迹，可能是他咳血吐出来的。

三叔有点哽咽了。卓尔坐在床头，抚摸着冰凉的床板，表情无比凄苦。卓尔问，画室就在隔壁吧？我想去看看。

画室朝南，是整栋房子最亮堂最宽敞的一间。窗前摆着画桌和一把竹椅，没有什么装饰，只在正面墙上挂着一幅行草，是伯父的墨迹，写的是——“一点寒中绿，微蜷土下根。寸丝山野气，虚对往来门。”字体矫若惊龙，不可羁勒。角落里有个简陋的木架，上上下下都摆满了瓷瓶。不仅是木架上，整个房间里都放满了伯父的陶瓷作品，我们走进去都找不到落脚的地方。有些瓷板画木框都没镶，就一块一块叠起来靠墙立着，还有些瓷瓶实在没地方摆，就一个压着一个堆在篾篓里。

卓尔走进画室，半晌说不出话来，只在竹椅上呆坐着。家辉抱着个瓷瓶匆匆忙忙赶过来，卓尔都没有反应，像是没看见一样。

我趁卓尔不注意，跟家辉打趣说，你怎么跑来了，老婆舍得放你出来？

家辉冲我“嘘”一声，拉我在一边，轻声说，她本来不让我过来的，后来听说你约了莫老师过来，才放我出来，还叫我带件作品来，给莫老师看看。

你老婆还真实惠。

你是外行不晓得，莫老师在陶艺圈是很有分量的，捧红了很多人，人家都说他点石成金。

那你自己呢？也是冲着老师来的？

家辉讪笑着，说，我是来看看有什么能帮上忙的。

那你先去把伯父的作品清点一下，归归类，待会儿莫老师来了，好看一点。

伯父的瓷画每一件的画面都不同，或云山飞瀑、茂林修竹，或湖光山色、渔舟风帆，或小桥流水、乡村农舍，器型也各式各样，有瓷板、方瓶、梅瓶，也有笔筒、圆盘、盖碗，但是，不论什么画面、什么器型，风格却是一样的，疏朗洒脱，意境苍雅，有一种中国传统水墨画的气韵和质感。

家辉说，伯父这些年潜心研究浅绛彩瓷画，尤其看重山水题材，已经渐渐形成了自己独特的风格。

卓尔说，我记得当年学画时，伯父给我讲过浅绛山水画，好像是说在水墨勾勒皴染的基础上，敷设以赭石为主色的淡彩山水画。这种画风，五代就出现了，到元代黄公望、王蒙时，达到鼎盛。不过当时我还年轻，喜欢新奇怪谲的东西，只觉得浅绛山水画过于素雅清淡了，并没有太在意。

家辉说，浅绛彩瓷讲究的就是这种书卷气。它借用国画中浅绛山水画的技法，以一种浓淡相间的黑色釉上彩料，在白瓷胎上绘画纹饰后，再染上浅淡的赭石，或点缀以水绿、草绿、淡蓝等彩料，经700℃左右的低温烧制而成。

难怪在瓷器上会有这种水墨画的效果，仿佛是在纸上、绢上作画，设色浓淡相宜，温润华滋，即使点染了俪红妃绿，明丽华贵却不流于俗艳。

你学过国画，自然一看就明白了。调料时，在黑料中加入雪白，或是在水料中加入雪白，雪白加入的比例不同，就调出了不同的色彩层次，不仅过渡自然，还有很强的立体感。

而且，在构图上也没有了繁缛之气。你看这块瓷板，画面靠近中央的位置，有三棵兀然而起的松树，翠冠交叠，树的后方，丛林疏落，屋舍错落有致，与之隔水相望的，是连绵起伏的山峦，一座古寺掩映在苍翠之中，若隐若现。这隐藏在树影和烟岚之中的古寺，虽然占据画面的面积不大，但有群山衬托，松柏点缀，就连近景中三株松树的树冠，也像箭头一样把我们的视线引向它，古寺反而就成了画面的核心，让我们不禁联想到寺中悠扬的晨钟暮鼓，还有钟鼓声中的岁月更迭、世事兴衰。

说到构图，更难的是在瓷瓶上。要将画面在360°的器皿上展开，让人从任何角度都可以看到完整的构图，这种通景山水画法，画面布局要根据器型转折面的变化而变化，主景与配景的搭配穿插十分讲究。你看，伯父采用了山水相连、云雾飘逸等方式，将连接点处理得多么巧妙……家辉手扶着一个瓷瓶，缓缓转动着，边说边展示给我们看。

我不懂画，却觉得画上的题款很有韵味，“漫将一砚梨花雨，泼湿昌南几段云。庚寅年春月墨川学于珠山草堂”，我不禁念出声来，墨川是伯父的名字吧？这诗写得真好，画像诗一样，诗又像画一样。

家辉笑一笑说，这正是浅绛彩瓷画的一大特色，讲究诗、书、画的相融，不仅摆脱了传统瓷画的匠气，更显示了作者的文化素养和审美趣味。你们看这块瓷板，画的是山里的春景，山林错落扶疏，花草缤纷蓬勃，山径向远处延伸，一位峨冠宽袖的士人正走在山径上，风吹过，有啼鸟振翅跃起，像是被士人的脚步惊了，题款是“触袖翻飞多自舞，避人幽鸟不成啼”，笔墨和诗句都是这么的灵逸而潇洒。再看这个瓷盘，一钩新月挂在天边，远处山峦依稀，雾影深重，近处一个孤单的侧影，正仰头望月，似在诘问苍天，画面中大片的留白，更给人一种空落落的感觉，题诗是“怅然孤啸，青山故园，乔木苍苔。当时明月，依依素影，何处飞来？”，想来是某个寂静的漫漫长夜，思念伯母时画的……

说起瓷画，家辉侃侃而谈，神采奕奕，眉目间满是自信而昂扬的神情，完全没有了之前的委顿，像是变了一个人。卓尔和我都不禁被他感染了。

卓尔问，我听三叔说，伯父临终的时候，是趴在一件刚刚烧成的瓷板上。那块瓷板还在吗？我想看看。

我已经装好了木框，好好收着呢。家辉说着从架子上取下一块瓷板，搬到画桌上。只见远山横亘，云雾涌动，左边一山岗陡立，瀑布飞溅，落入辽阔的江水中，江中两座沙洲以小桥相连，沙洲上几间茅舍掩映于绿树之中，沙洲之间的渔舟上，一老者侧身而卧，超然世外。题款是棱角分明、古拙隽秀的八个大字——“风来四面，且卧当中”。用笔粗犷奔放，画面气势磅礴，让人感觉有风裹携着世间悲欢，正掠过广大的山水，扑面而来。

卓尔伸手轻轻抚摸着瓷板，哽咽着说，这是伯父生前最后一件作品，一定有它的深意吧。

家辉说，其实，这件事都怪我不好。我们几个画画的朋友约好了办一个陶瓷作品联展，找了一家单位赞助，想办得隆重一些。我就让伯父也准备一件作品参展。伯父很高兴，那天，他打电话给我，说已经画好了，叫我过来拿去烧。偏偏我忙着布展，耽搁了一天，那天晚上就被你姐夫偷偷拿去了。第二天伯父带我去找你姐夫要，他竟然说烧坏了，整块瓷板都开裂，被他砸碎扔掉了。伯父气得要命，又没办法，只好回家没日没夜地赶着重画一件，画出来时伯父还是满意的，可偏偏烧成后，有一块釉色炸开了。伯父越看越难过，想来劳累过度，那晚又急火攻心……

一个联展而已，又不是什么大事，伯父怎么会这么看重？

你不晓得，这些年，伯父自己在家埋头创作，外界知道他名字的人都不多，更不要说见识他的才华了。前段时间，我们瓷厂办了一个老艺人陶瓷作品展，伯父也按要求送了作品过去，那边却把伯父的作品直接打掉了，还到处说他粗制滥造，故步自封。伯父心里难过，也想有个机会展示一下，让大家来评一评。

那是什么人啊？他懂不懂陶瓷？

倒不是完全不懂，他是公报私仇。组织那次展览的人原来是我们瓷厂分管行政的副厂长，闲着没事也喜欢在瓷器上抹两笔，这还算了，偏偏他还喜欢显摆卖弄，到处请人欣赏，无非是想听两句赞美的话。大家心里有数，也都是客套恭维，净拣着好听的说。那天，他自以为画了件得意之作，一定要请伯父点评。伯父一再推辞，不置一词。他就是缠着不放。伯父被他缠得没办法，只得说了四个字："脱胎换骨"。他以为是赞扬他画得好，到处宣扬。后来听人议论，才晓得伯父是说他要想画好画,非得要修为品性、脱胎换骨才行。从那以后,他一直记恨在心里,这次他来组织办展览,肯定要报复伯父了。

伯父是个单纯善良的人,从来不会伤害别人。但是,他是个画痴,把画画看得比命还重,涉及到画理的事,他一定是较真的,你要他说假话讨好人,那是不可能的!

是,伯父平日为人谦和,我们去找他,他都是来者不拒,他只是为人正直,不愿苟合取悦,并没有轻慢别人的意思。

这些人不理解他也就算了,怎么可以诋毁他、践踏他?!

家辉和卓尔越说越感慨。我和三叔在一旁听了,也是唏嘘不已。

## 3

莫老师是个朴素的人,个头不高,精瘦,平头,头发已泛灰白,五官平常,眼角皱纹略深,穿着一件普通的灰色夹克,低着头走路,不急不缓。这样的人,要是在街上遇见,就算迎面而过,你也不会注意到。除非,你看见了他眼神中的光亮。不过,这种光亮平常是没有的,平常他的眼神是混沌的,只有在特殊的情况下,才会有这种光亮。譬如,他看见伯父的作品时。

莫老师蹲下身子,一件一件地反复翻看,然后,又挑出几件摆在画桌上,还不时地举起来,对着窗外的光,眯起眼睛,仔仔细细地琢磨。他凝神欣赏,不发一言,我们也只好耐着性子等在一旁。

过了半天,莫老师才在竹椅上坐下,从口袋里摸出一包烟,不慌不忙地点上,悠悠地吸上一口,说,我看墨川老先生的作品,感觉他有很深的中国水墨画的功底，这笔下皴、擦、点、染的功力，不是一朝一夕可以练就的。笔墨的好坏，直接关系着画作的品相，没有好的笔墨，构思再好也没有用。下笔的强弱刚柔、起伏虚实，线条的粗细曲直、疏密聚散，以及用墨的浅、深、焦、浓的变化，是用来表现山石、草树的凹凸明暗和远近质感的，诸种笔墨形态运用得当，才能表现出不同的效果。要想得心应手，必须在练习和创作中，逐步熟练，慢慢领悟，这是一个长年累月的过程。

卓尔说，伯父幼年开蒙时，祖父就请了专门的先生教他书画，后来，他这一辈子都是笔不离手，卷不释怀。他生活很简单，衣食住行都不讲究，画画、写字、读书就是他最大的乐趣了。

这就对了，墨川老先生的书法苍劲灵秀，既讲究章法，又不拘泥于章法，完全与画面融为一体了。

家辉说，这些年，伯父在陶瓷彩绘的工艺上也做了很多探索，为了让陶瓷料色在瓷面上形成各种肌理感觉，他尝试使用一些新的材料，也创新了一些表现技法。

我看出来了，莫老师拿起一个瓷瓶，说，譬如这个表现远山的黑料上明显有均匀的细小颗粒，像是用海绵拍出来的肌理效果，还有这些山石上有清晰的手指印迹，这是使用了“指头画”的技法，用手指印纹的特殊肌理来表现山石的凹凸明暗，产生了一种特殊的视觉效果。不过，浅绛彩瓷在工艺材质上最大的不足是“磨彩”，时间长了，瓷面上的色彩会因为摩擦而逐渐淡薄，甚至剥落。墨川老先生想必是知道的。

家辉解释说，伯父推测“磨彩”的原因是色料和瓷胎的结合不紧密。他试着把纯度很高的生料用樟脑油、乳香油调和，生料更加细嫩润滑，下笔就可以挥洒自如，等到充分干燥后，再用水调广翠、淡赭、雪白等透明矿物质颜料罩一层色，这样工序上更繁琐了，但是烧成后光泽明亮，又便于久存。

莫老师听后，若有所思，频频点头。

家辉说，伯父也是反复实验，一次又一次尝试，才慢慢摸索出来的。

莫老师说，要想在工艺上创新，是很不容易的。现在的人大多急功近利，都在赶时间、拼速度，一心想着怎么多赚一点钱，很少有人静得下心，耐得住寂寞。

就算有人费尽苦心创新了某项工艺或是某个产品，一旦推出，马上就有模仿者跟进，坐收渔翁之利。这样一来，更没有人愿意花工夫去创新了。

是啊，像墨川老先生这样潜心创作的人实在难能可贵。不过，我以为，他的作品的艺术价值还不在于笔墨功夫和工艺技巧，而在于其中所蕴藉的意境和情怀。中国的山水画不仅是对自然景色的描摹，更是作者主观情感的表达，是通过描绘山水景物来寄托作者的思想意识。所谓“象外之象”、“意外之妙”，以山川草木之“实境”写胸襟情怀之“虚境”，这才是最高的审美追求。墨川老先生的作品或旷落，或苍郁，或凝重，或磅礴，时而“轻舟已过万重山”，时而“黄沙百战穿金甲”……

莫老师越说越玄，我也听不太明白，只好很煞风景地打断他，问，我们是想把这些瓷画卖掉，你能不能大概说个价钱？

莫老师瞄我一眼，眼神中的光亮瞬间暗灭了，刚才挺直的腰身也弯下去了。他沉吟半晌，迟疑着说了个价钱。

家辉第一个反对，太低了，比大路货也高不了多少。

莫老师说，现在市场行情就是这样。

卓尔也忍不住问，不是说这些年艺术陶瓷的市场很好吗？

莫老师说，你们是隔岸看花，不明就里。艺术陶瓷的市场大半是炒作起来的。依我看，推高市场的主要是三种人，一种是附庸风雅的收藏者，一种是低买高卖的商人，还有一种是送礼馈赠的人。他们看重的不是作品的艺术价值，而是升值空间，说白了，就是一个价钱，今天值多少，明天涨了多少，自己又赚了多少。

这也是正常的，市场经济嘛！

问题在于，这些人中，真正懂艺术、真正喜欢陶瓷的寥寥无几。他们买瓷画就是买个名气，买个身份。现在我们这从事艺术陶瓷创作的人很多，上有国家级大师、省级大师、市级大师、学院派教授，下有刚出道的学生、普通技工，还有进城学艺的农民工，身份越高，作品就卖得越贵。大名家胡乱涂几笔都是上品，哪怕是败笔也有人花大价钱买。无名之辈就惨了，画死画活也赚不到几个钱。哪怕是珠玉，人家当是石头，丢在路边，也没人拣。像墨川老先生这样，论身份只是个瓷厂的下岗工人，说得好听一点，也就是个民间老艺人，他的作品再好，又有几个人懂得欣赏？

我们都被噎住了，说不出话来。也许，莫老师眼中的混沌就是这么来的。

莫老师说，我刚刚进来的时候，看见你们这老房子里的木雕很有意思，听说这要拆了，你们要是愿意的话，我把这些木雕买去，价钱倒是可以出高一点。

这些木雕有什么讲究吗？

不仅用材好，雕工也好，你们看那栏柱上的，是樟木的镂空雕，做工非常精细，过了这么多年，还有淡淡的木香味。而且，这些木雕的图案题材，也不是寻常百姓家里的花草虫鱼，而多是些历史故事，唐肃宗夜宴、姜太公垂钓、月下追韩信……看得出当年这户人家不是官宦，就是富商。

是，我伯母的祖父当年是城里数一数二的窑主，她父亲也是小有名气的画师。

也算是陶瓷世家了。怎么从来没听人说起过呢？

伯父伯母都是清淡的人，从来不喜欢炫耀祖上的荣光。我记得伯父曾经念过一首诗：闻道乌衣燕，新雏话旧家。谁知王逸少，曾不署琅琊。

莫老师笑一笑说，这是启功先生写的诗，意思是说，即使是世家望族，也难免经历飞入寻常百姓家的沧桑变化，真正有本事的人是不会以自己的家族来炫耀的，就像王羲之那样，他在署名时，从来不标榜自己是高贵的琅琊王家的后人，但谁又能说他不是"书圣"呢？启功先生自己是清皇族后裔，雍正皇帝的八代孙，却坚决不以爱新觉罗为姓，只说自己姓启，名功。墨川老先生有这般情怀，果然非同一般。可惜他生前我们无缘得见，不然，一起饮酒论画，也不失为一件乐事！

莫老师又坐了一会儿，听卓尔说了些伯父的旧事。正要告辞出门，卓尔忽然想起，对家辉说，你的作品呢？不是要请莫老师点评一下吗？

家辉赶紧把瓷瓶抱过来，恭敬地递给莫老师。

莫老师略微看一看，说，构图巧妙，笔墨功力也不错。要说欠缺，还是缺在气势上。思与境偕，境缘心生，人生的器局不是靠技巧可以弥补的。

家辉被说到痛处，不禁耳根发热。莫老师走了许久，他还是恍恍惚惚的。

卓尔和我商量说，这些瓷画都是伯父的心血，我怎么说也不能贱卖了。

我说，这房子马上要拆了，这么多作品，你又带不走，往哪儿放呢？

三叔在一旁说，我们准备搬到崽家里去住，我们可以跟孙子挤一挤，腾出一间房来,存放这些作品。你放心,我一定会保管好的。

卓尔说,那不行,太给你们添麻烦了。

三叔说,这算什么呀,你不晓得,你伯父是我的恩人！为了我,他才吃了这么多苦。

我们都疑惑地望着三叔。

三叔接着说,我原来只晓得你伯父人好、心善,并不真正理解他。刚刚听你们说话,才算是有一点点懂了,这些年来,他心里有苦。说来是二十多年前的事了。那一年,我的崽得了急病,要动手术,我拿不出钱来,东挪西借,还是不够,没办法,只好硬着头皮去借高利贷。哪晓得放高利贷的人跟我说,只要我到瓷厂的展厅里拿件瓷器给他,他不光不要息,连本都送给我。

那是什么瓷器啊,好值钱?

我被逼得没办法,就偷偷把那件瓷器拿出来了。结果还没出厂门,就被保卫科抓住了,报告了厂长,说我偷了文物,要送我去公安局坐牢。我哪晓得那是文物哩！正好你伯父看见了,帮我担下来了。

伯父怎么担得起?

你伯父说是他想设计一个画面参加展览,叫我把那件瓷器借出来给他临摹。伯父的人品是有口皆碑的,大家都晓得他绝对不会偷东西。有他担保,厂长也没话说了。但是,你伯父受了处分,本来他在美研室搞创作的,被下放到车间里做画工了。他不但不怪我,还借钱给我的崽看病。

家辉说,如果伯父一直在美研室工作,也许后来的境遇就会不一样了。前些年他想申报工艺美术师职称,要单位盖章,原先的瓷厂改制解散了,他去找留守管事的人,没盖到章,还被那几个年轻人没皮没脸地嘲弄了一顿。

三叔的眼圈红了，唉，要不是为了我，他就不是下岗工人了，说不定也成了什么大师呢！

卓尔说，伯父仁义，只要他真心为你做的事，他是不会后悔的。

那是，不光是我，这条弄堂的人，都记他的好。那个推板车的老王嫁女，请他画个瓶子，他熬了几天几夜，画了一个好漂亮的瓶子给他，老王高兴得不得了，到处拿给人看。那个扫大街的老李两夫妻都下岗了，崽又是个弱智，他总是送钱送东西，水都没喝过人家一口。

家辉说，伯父是性情中人，从来不以穷富贵贱取人。不懂他的人，还说他痴呆怪异，或是狷介狂傲。

卓尔说，真正搞艺术的人，难免会有点怪脾气。伯父率真洒脱，他是不会在乎世俗之人怎么看他的。他每天画自己喜欢的画，沉浸在书画世界中，那种精神上的愉悦，是任何物质上的享乐都不可比拟的。没有浮华的外表，却有高贵而富足的内心世界，我想，伯父应该会有他自己别样的幸福吧。

我跟卓尔说，也许，伯父把老房子留给你，就是希望你能理解他吧？

卓尔凝眸说，我真正的完全的理解他了吗？我要再好好想一想。

## 4

下午本来想陪卓尔去朋友的仓库看看，他们企业建了新厂房，有很多空房，答应了腾出一间来给我们存放东西。可是，队里临时有任务，队长不让请假。

陶瓷园区有一个国际陶艺文化交流中心举行开馆仪式，为了搞得热闹一点，市里在交流中心办了一个陶瓷名家作品展。参展的都是一些知名陶瓷大师的作品，据说规格蛮高的，好多领导、陶艺界的嘉宾，还有新闻媒体的记者都会到现场。考虑到活动规模大，人多、车多，局里怕当地派出所的警力不够，临时抽调了我们队里的人到现场备勤。

现场很热闹，大幅的祝贺横幅挂满了交流中心的楼面，红地毯从很远的路口处一直铺到了中心门口。我们是备勤人员，就在外围待命，远远地听见里面音乐声、鞭炮声、欢呼声不断。

一直到五点来钟，人渐渐散了，我们的任务才算基本完成。队长说，这次陶瓷展办得很隆重，听说陶艺界的大师都以参展为荣，送来的都是自己的力作。我们也进去见识见识。

展厅很开阔，布局也大器。我不懂陶瓷，只好百无聊赖地跟在队长后面，纯粹凑个热闹。拐个弯，迎面看见一块大瓷板画，挂在墙面的正中央，分外夺目。瓷板画边上空出了大片的位置，边上摆放的，也是些小件的作品。这块瓷板画，无疑成了展厅中最醒目、最受关注的作品。

我第一眼看到这块瓷板画，就呆住了，无法转开视线，也无法挪动脚步。远山横亘，云雾涌动，瀑布飞溅，渔舟飘摇，一清逸老者泰卧中央，构图独特，笔墨老辣，又从老辣中生出古拙，从古拙中化出妍秀。这画面太熟悉了，已经深深印刻在我的脑海中。仔细再看，还是看出了细微的差别。在伯父家见到的那块瓷板画，有一个小角落，釉色炸开了，这一块的釉色却是完美的，没有一点瑕疵。还有落款，也不是伯父的名字，而是换成了一位丁姓大师的字号。

我恍恍惚惚的，感觉脑子似乎短路了。有一些杂乱的讯息交缠着，像谜团一样打了个死结，我不知道该怎么解开。

身旁来了两个人，和我一样伫立在瓷板画前。我正迷糊时，听见他们俩在说话。

一个说，丁大师的绘画功力确实非同一般，构图别具一格，笔触枯润兼施，方寸之间却有万里之势。

另一个说，老子云“见素抱朴”，所谓绚烂归于平淡，好的艺术是超乎笔墨之上的，就像论剑一样，无招胜有招。丁大师半生坎坷，想必对艺术对人生都有更深刻的认识。

浅绛彩瓷花工又费神，丁大师在“文革”时吃了不少苦，生过一场重病，目力大不如前，还能画出这么好的作品，真是不容易。

这件作品好是好，不过可惜有一处败笔。

没看出来，你说来听听。

浅绛山水画秉承的是文人画的传统，讲究以野逸之风替代富贵之气，倘若有迎合取巧之心，自然就没了韵味。这画面本是恣意而奔放的，偏偏题款却要说什么“情满山川”，生搬硬套，俗不可耐。

我在一旁听着，好想告诉他们，不是的，不是“情满山川”，是“风来四面，且卧当中”，是无拘无束，是率真烂漫，是襟怀浩荡……

可是，我张大了嘴巴，千般情愫哽在喉中，却发不出声来。只感觉身边的人影、物品、房屋似乎都在瞬间一一隐没，我站在无边空旷之地，听见风声袭来。世间的种种悲欢，都裹携在风中，无始无终，无边无际，扑面而来。

我不知道该不该告诉卓尔，如果告诉她，我要怎么说才好？

下班后，我打电话给卓尔。我说，下午我去参观了一个陶瓷展，展览很热闹。不过，有件事让我觉得挺震惊的……正在思忖怎么说得含蓄一点，却听见卓尔说，我已经知道了。声音非常平静。

你知道了？

是的，下午我去找了姐夫。那块瓷板画是姐夫偷偷拿去给别人的，却对伯父说烧坏了。其实，这些年来，伯父都是靠给别人代笔为生。他下岗了，伯母又没有工作，姐姐姐夫还要靠他贴补。他也是没有办法。可是，我想象得到，他心里的悲苦。

那我们一定要为伯父做点什么。我明天一早就去联系仓库，好好保存伯父的作品。我们不卖了。还有，你来公安局报案吧，也可以还伯父一个公道。

不用了，你不需要再操心这件事了，我有别的打算。我认真想过，已经决定了。卓尔说得很坚定。我想起卓尔说过伯父的遗嘱应当是经过了深思熟虑的，现在想来，确实如此，伯父的心意，只有卓尔懂得，也只有卓尔有能力懂得。

第二年春天，墨川陶瓷艺术作品纪念馆隆重开馆。市郊有一个香港客商投资兴建的陶瓷城，依山傍水，环境优美，纪念馆就建在陶瓷城的一角，卓尔把伯父的老房子一砖一瓦、一梁一木地照原样搬过去了。外界传闻墨川老先生出身世家，学养深厚，画功了得，尤其是浅绛彩瓷的创作已出神入化无人能及，连莫老师这样的知名陶艺评论家都对他佩服有加。一时间，伯父的陶瓷作品身价百倍，陶艺界都以收藏有一件墨川老先生的作品为荣。至于那件《风来四面》瓷板画，已成为墨川陶瓷艺术纪念馆的馆藏珍品，就挂在纪念馆的正面墙上，作品下方赫然标注有三个字——非卖品。

# 赝品

## 1

我认识苏丽珍的时候，她还年轻，三十岁不到，就二十八、九岁吧。这个年纪对未婚女人来说，是一个尴尬的年纪。正是花开好时，却时时被即将凋谢的危机感催促着。何况是在十多年前，男男女女大多早婚，快三十了还没谈恋爱的女人，难免会引起身边人的种种议论和猜测。我也是在这些断断续续七零八落的议论中晓得她的故事的。

那时，我刚参加工作，在城区某派出所实习。带我的警长姓吴，是所里的老民警。吴警长在那个片区工作了十多年，和谁都熟，走到哪里，都有人跟他打招呼。我实习期间做得最多的事情，就是跟着他走街串巷，上门摸排了解民情。我随身带着本工作日记，他问的事，我都认真记下来。对刚刚走出校门的我来说，生活就像打开了一个万花筒。

我们管的片区叫十八渡，是沿河边上的老城区，热闹得很。听名字就知道了，十八渡，据说当年有十八条渡船同时在码头上往来运货，那样的场面，想象一下，也觉得很有气势。十八渡有家规模蛮大的国营瓷厂，在市里都是小有名气的。瓷业是我们这座城市的支柱，为片区做好服务，瓷厂自然是我们去得最多的地方了。别的民警去瓷厂只能到保卫科联系工作，我们却可以直接到车间里去。

瓷厂的工人大多是住在我们片区的，家里的子女高中毕业了，也安排进厂，子承父业，跟着做学徒工。瓷厂的工种很多，像配釉、成型、烧窑，等等，但女工一般都做一些贴花、描线之类的活，不繁重，也没有太高的技术含量。包装工在这些工种里面不算太差的，如果别的女人做，我倒不惊讶。可是，在包装车间见到苏丽珍，我觉得只能用一个词来形容——格格不入。

当然是因为她长得好看。我第一次见到她时，她正踮着脚，很费力地把一盒包装好的瓷器摞在货架顶上。虽然穿着蓝布的工作服，但照旧掩藏不了她高挑玲珑的体态，侧过头来时，五官也是精致的，皮肤白皙，丹凤眼，翘鼻梁，唇红齿白，看着特别舒服。车间里乱糟糟闹哄哄的，几个大姐大婶正大声地和装卸工说着半荤不素的笑话。只有她，干干净净，安安静静，就像是一只迷了路的小鹿。我都很想过去帮她一把了。

中午，我们在厂里的食堂吃工作餐。我和厂办的几位阿姨坐在一起，忍不住打听她的事。

我说，那个包装车间的女工，长得蛮好看的……

怕她们听不明白，正想着要怎么形容，就听见会计王阿姨冷冷地“哼”一声。王阿姨说，这个苏丽珍，还真是个狐媚精，连派出所新来的小姑娘都喜欢她。

我忙解释说，我不是喜欢，我只是觉得她蛮特别的。

王阿姨抢白我，那不就是喜欢，你怎么不说我特别哩？

王阿姨白白胖胖，鼓着一张脸，穿着一身大花的衣服，像个花皮球似的。我只好笑着说，你也蛮特别的。

李阿姨对我说，你别理她，她吃不到葡萄说葡萄酸。

王阿姨的火立即冲着李阿姨去了，我吃什么葡萄啊，说得我想占她便宜似的。

李阿姨说，你是不想，你的崽想啊。

我的崽那时候是吃了迷魂药，看了一眼就喜欢她，又不了解她。

你不也是，还请了厂长去提亲哩。厂长把她叫到办公室，好认真地跟她说，哪晓得她一口就回绝了。

那是她苏丽珍没福气。我的崽哪点不好，瓷局的干部，坐办公室的，要学历有学历，要长相有长相，还配不上她！

那倒是，那个贴花的小钱一跟你的崽谈恋爱，就调到厂里的广播站去当播音员了。

我喜好八卦的小女人天性立即被调动起来了，赶紧追问，为什么呢？

李阿姨促狭地望着我，什么为什么？

为什么她不同意？

不晓得，她说她不喜欢。

我帮王阿姨分析说，现在都九十年代了，包办婚姻早就被扔进了历史的垃圾堆，你的崽还让组织出面，难怪人家不喜欢。

那你小姑娘家说要怎么样？

自由恋爱呀，展开浪漫的追求，送花，写情诗，花样多呢。

那我们厂办的张秘书她怎么也不喜欢？他有文采啊，情书都写了几十封。

李阿姨也跟着帮腔说，张秘书真是个好人，本本分分的，会过日子。那段时间天天守着她下班，又接又送的。

后来怎么样？感动她了不？

她始终不冷不热的，不说好，也不说不好，就说先做普通朋友接触接触再看。人家张秘书家在乡下，老娘等着抱孙子，哪里经得起她这样拖。

王阿姨说，她苏丽珍不过是高中毕业，也没好多文化，张秘书写什么情书，她可能都看不懂。

我还想为苏丽珍辩白。我说，看她的气质，不像没读过书的人。也许张秘书不是他喜欢的类型。有些人喜欢本分的，有些人喜欢活络的。

李阿姨说，苏丽珍喜欢什么样的人，我们还真猜不透。要说活络的，我们厂里最活的要数成型车间的志刚了。志刚早两年就悄悄地在外面和人合伙开厂，年年跑广交会，会赚钱，也见过世面。身上穿的衣服都是我叫不来的牌子货。

这次轮到王阿姨取笑李阿姨了，志刚是托你去做的介绍吧？你不也碰了一鼻子灰！

李阿姨也笑了，说，志刚是我从小看着他长大的，吃了他的好烟好茶，想做个媒都没做成，真是过意不去。

王阿姨说，苏丽珍有什么了不起的，不过是个浙江移民的女人，听说她浙江老家那边穷得要死。

李阿姨说，你扯人家老家的事做什么，女人年轻漂亮就是最大的资本了。

这时，正巧苏丽珍端着饭盒，从旁边经过。我都觉得不好意思了。王阿姨却更来劲了，她故意大声说，漂亮又不能当饭吃，女过三十老妈妈，她还能漂亮几年？我看她要挑个什么样的。挑来挑去，挑个烂灯盏！

苏丽珍并不应战。她像没听见一样，脸上一点表情都没有，静静地走了过去，昂着头，腰板挺得直直的。我看着她的背影，却似乎看出了很多的孤独，还有，很多的落寞。

## 2

后来，我曾经问过苏丽珍，你到底喜欢什么样的人？

苏丽珍想了想，反问我，你去买衣服的时候，会不会提前设计好，要什么颜色？什么领子？什么袖子？

想这些做什么？我到店里去拣，要是我喜欢的，我一看就晓得了。

我也是这样的。我说不出我要找一个什么样的人，但是如果是我喜欢的人，我看一眼，就晓得了。

苏丽珍说这话时，眼神中充满了憧憬。她真的像一只迷路的小鹿，始终保留着一份单纯的心思。

我说，一见钟情，是书上写的，经过了艺术加工的。就是因为生活中没有，所以写在书上才让人感动。你这都不晓得？

苏丽珍说，别人的生活中没有，你怎么晓得我的生活中不会有呢？

还真让苏丽珍说对了。她的生活中不仅有一见钟情，还有比一见钟情更跌宕起伏的事情。

那天苏丽珍下班回家，走到半路上突然下大雨。那条街沿河，河堤边建了些凉亭，平日都是些老人在那纳凉，或是附近的居民围成一堆打扑克牌。苏丽珍每回都是匆匆走过。这天赶上下雨,只好找了个最近的亭子,跑过去躲雨。亭子里已有一个人,气定神闲地坐着,看来也在躲雨的,却完全不像她这么狼狈。

那人一身白色的中式布衣,脚穿一双黑色的布鞋,年纪却不大,看上去只有三十来岁,五官平整,肤色略黑,身高一米七五以上,肩膀宽宽的,身材挺拔,显得很精神。不过,苏丽珍一再强调,她是被他的气质打动了。亭子外面大雨滂沱,他却不急不躁,看见她冲进去时,他略微点了点头。那一刻,苏丽珍觉得,天都亮了。

苏丽珍见他没有主动跟自己搭讪,便自顾自地说,谁把凳子弄得这么脏,坐都坐不了。

那男人看了她一眼,仍然没说话,却从口袋里掏出一条干净的白手绢,给她垫在了凳子上。

苏丽珍扭着身子坐下,闪着亮亮的眼睛看着他,特温柔地道了声谢。又没话找话地说,这天真奇怪,好端端地就下起了雨,让人躲都躲不赢。

那人还是不接话,只端端地坐着,若有所思地看着外面的雨。静默了十多分钟,只听见哗哗的雨声。苏丽珍实在是忍不住了,直起嗓子大声冲着那人问,先生你贵姓啊?叫什么名字?是外地来的吧?我怎么在这附近从来没见过你?声音大得把自己都吓了一跳。

那人转过身,蹙着眉头看她,依旧没答话。

苏丽珍心里"咯噔"一下,想,不会是碰上哑巴了吧?却听见那人笑着答,你一下子问这么多问题?要我怎么回答?声音低沉柔和,听着很舒服。

苏丽珍也笑了,脸一红,轻声说,我只是在想怎么把手绢还给你。

他答，一条手绢还什么，扔了算了。我姓李，外地来的，在这开了家瓷器店。十八渡的街上有家专门卖茶具的店，店名叫青石斋，就是我开的。姑娘你有时间，可以去坐一坐。

苏丽珍平时两点一线，生活比较单一，对外面的事情了解的不多。青石斋在我们这儿是很有名气的。十八渡有一条自发形成的瓷器街，街两边都是大大小小的瓷器店。青石斋在街的东头，门面不大，装修也不奢华，却很有特色。

青石斋只卖茶具，各种器型、各种花面都有，但不论哪种器型、哪种花面，工艺都只有一种——青花，而且是手绘的青花。人家的青花是印成花纸贴上去的，就算手绘，色彩和线条也显得呆板和凝滞。青石斋的手绘青花却是灵动的，层次感丰富，有一种特别的韵味。人家学不来，也仿不出。

青石斋的主人姓李，名俊卿，号青石山人。他平日在店里待的时间并不长，每天上午十点左右会露个脸，在展柜边坐坐，也不招呼客人，自顾自地泡茶喝。或是有客人索要作品证书时，他会来签个名，盖个印鉴。他的工作室就在店后面，只隔着一个院子，那个地方是谁都不让进的，再熟的客人都不许。据说是因为他的手绘青花是祖传的技艺，有特别的窍门，怕别人学了去仿造，就不值钱了。

苏丽珍并不知道这些。她第二天下午下班后绕道去的青石斋。店里冷冷清清的，只有一个中年妇女坐在柜台后织毛衣。苏丽珍一进门，就被陈列柜里的青花茶具吸引了。这边一套壶和杯是斗笠形的，画的是数朵寒梅俏立枝头，那边一套圆形的，画的是婴戏图，几个天真烂漫的孩童神情各异憨态可掬，还有牡丹图，繁复的花朵艳丽至极处，反而有一种令人伤怀的颓废之美。苏丽珍拿起这件，摸摸那件，件件都爱不释手。

看店的大姐问，你想买什么吗？

苏丽珍说，我不是来买东西的，我找人。

你找谁？

我找李先生。

哪个李先生？

你们这还有几个李先生吗？苏丽珍忍不住笑了。

看店的大姐正想挡客，偏巧李先生从外面回来，见到苏丽珍，不免有几分惊喜。苏丽珍今天是刻意打扮过的，她微侧着脸含笑望着李先生，捕捉到了他眼神中一闪而过的惊喜。

李先生领她去了茶室。茶室在工作室的隔壁，小小的一个房间，桌椅都是古旧的原木色，更衬得青花的茶具晶莹剔透。

苏丽珍说，你们的青花太美了！清雅、高贵、朴素、大方……我都不知道要用什么词来形容了。

李先生说，青花是有生命的，只是借了我们的手绘出来而已。

苏丽珍说，我们厂里的餐具也有青花的，但是从来没有让人这么心动过。

李先生说，一个人没有见过好的青花，是无法感知到青花的生命的。这需要情感。

我懂了，你是说画的人把内心丰富的情感给了青花，所以青花才有了生命。

你很聪明。

苏丽珍觉得和李先生的距离一下子就拉近了。她不由说起自己，工作环境、周围人的不接纳、无处宣泄的情感、内心的孤寂和茫然。

李先生很少插话，只是静静地听她诉说。

苏丽珍说，李先生，你收我做学生吧。我觉得我心里也有好多东西要表达，又说不出来，我要是也可以用画笔来表达就好了。

李先生沉吟了一下，说，这事不太好办，我要和家人商量一下。

苏丽珍隐约听见隔壁工作室有响动，好像是有人在做事。她试探着问，是不是怕嫂子不高兴？

李先生笑一笑说，那倒不是，我还是单身哩。

隔两天苏丽珍再去的时候，却没有见到李先生。不过，李先生像是知道她会去似的，嘱托看店的大姐送了幅字给她。苏丽珍回去后展开一看，四个大字——“和光同尘”，每一个字都认识，合在一起却不晓得是什么意思了。

去问车间主任。主任平日神神叨叨的，什么事都晓得。他拿着字看了半天，说，这句话是有很强哲理的。

苏丽珍问，怎么讲？

主任说，你看太阳照过来的时候，空气会看到有好多灰尘，这句话是包含光学知识的，这就涉及到物理了……

苏丽珍一听，就知道他也不懂，胡编而已。收起字正想走，却被主任拉住了。主任说，我的崽找工作要送礼，你跟李先生这么熟，可不可以叫他送套茶具给我。他画的青花好值钱的。实在不行，便宜点卖套给我也可以。

苏丽珍敷衍两句，赶紧溜了。

再去找街上的老中医。张老先生读过私塾,看古书,懂易经。他拿着条幅赏玩半晌,连声赞好。他说,这是魏碑体,结构和笔法看上去天真古拙,实则下笔沉着,笔力雄健,自然天成之中更显得意趣盎然。

苏丽珍问,这句话是什么意思呢?

张老先生说,“和光同尘”是道家的思想,老子的《道德经》上说:“挫其锐,解其纷,和其光,同其尘”,意思是说挫去锋芒,解脱纷争,收敛光芒,混同尘世。这其中有劝人与世无争,随波逐流的意思。

苏丽珍懂了,这是李先生在婉拒她呢。她在浑浊的尘世中漂泊得太久,指望有人拉她一把,却给李先生出了个难题,他不想伤害她,只好用这么一种委婉的方式来劝慰她。她不禁有几分欢喜,又有几分失落。

张老先生说,苏姑娘,看你的气色,体内有心火郁结,最近想必失眠多梦,心事重重,你要多加调理。

苏丽珍长长叹了口气,听见张老先生说,世间好物不坚牢,彩云易散琉璃脆。人世间本来就没有完美的事情。苏姑娘,你好自为之啊!

## 3

苏丽珍再去青石斋找李先生的时候,彼此就有了某种默契,似乎共享着一个心照不宣的秘密。

李先生家在外地,饮食起居都在工作室。店里请来的大姐兼顾做饭,一日三餐都很随意,不过是几个家常菜,味道也很普通。苏丽珍常常下午下班后绕道过去,帮忙打点一下。她不下厨,却擅长煲汤。正是夏天燥热的时候，她就着现成的简单食材，却煲出了许多花样。冰糖银耳莲子羹、木瓜排骨汤、薏米绿豆南瓜汤、参芪泥鳅汤，每天都不一样，既好喝，又养生。

李先生渐渐也养成了习惯，天黑前便在茶室等着。苏丽珍来了，备好汤料上锅炖着。汤在炉上的时候，两人喝杯茶，说些闲话。照旧是苏丽珍说得多，她平日满腹的想法找不到诉说的对象。李先生是个寡言的人，正好扮演倾听者的角色。

汤煲好了，天也黑了，苏丽珍便告辞回家，李先生也从来不留。有时店里的大姐觉得过意不去，还会客套一下，留苏丽珍一起吃饭。但李先生却从不附和，毫无留客的意思。也许是刻意想保持一点距离吧。苏丽珍却不介意。她反而喜欢这样清淡一点的交往，亲近又不失庄重，不会让人觉得狎昵。

有一天，苏丽珍去晚了。李先生一个人在茶室品茶。他笑着说，你来得刚刚好，茶过三巡，香味更觉绵长。

苏丽珍接过茶，抿一口，果然味美甘醇。忙了一整天，喝杯茶，人觉得清爽了好多。她说，这两天我们厂里加班，工作量大了一半，累死了，下班回家只想睡觉。

李先生说，你本来就不应该待在这样的环境里，而且，国营瓷厂的好光景恐怕也维持不了几年了，现在都讲市场竞争，你不如早点出来。

苏丽珍说，我们厂效益蛮好的，像你这样开个店，平日里都是冷冷清清的，我还真为你担心哩！

李先生笑一笑，说，你不晓得，我们做熟客的生意，接的都是大单子，店面只是一个展示的窗口，要真靠门面的生意，那我们要喝西北风了。

你好歹有本事,像我这样,出来能干什么呢?

你学过画画吗?

在瓷厂里做事,多少学过一点。原来我们厂美研室的老师教过我,他还夸我有悟性哩!

李先生停顿了一下,似乎在斟酌一个重大的决定。他说,我们的手绘青花是不外传的,不过,我可以点拨点拨你。你这么聪明,自己也可以领悟到很多东西。有一技傍身,将来也不至于太过沦落。

苏丽珍又想起那句“和光同尘”。她说,不用了,不能让你为难。我一个寻常女子,随波逐流就好了。大家都过得去,我总不会没有出路。

李先生听出她的言外之意,并不恼,只笑着说,你一个寻常女子,人家说你是天上无尘的花朵呢!

人家说,谁说的?

李先生依旧笑着,不答。

他说,我们的青花和别人不一样,是因为我们用了分水青花的技法。

分水青花,是不是在青花的料水上做文章?

是,就是根据画面的需要将青花料调配出多种浓淡不同的料水,在胚胎上直接作画,由于青花浓淡的不同,形成了色彩上的不同感受,在同一笔中也能分出不同的浓淡笔韵,画面就显得层次丰富,立体感强。

哦,难怪你画的牡丹,明明都是青花,我看着却觉得五彩缤纷,有粉红的,有大红的,有浅紫的,争奇斗艳。

这是因为我们把中国水墨画中的“墨分五色”,用在陶瓷胚胎上了,变成了“料分五色”,在深浅浓淡中既有对比,又有和谐,体现出特有的节奏和韵律，烧制出来后就有了疏落有致、千变万化的艺术效果。

你怎么想得出这么高明的东西？

青花分水的技法不是我想出来的。你应该去学一学陶瓷的历史。自从元代始创青花之后，人们就不再追求青白瓷“如冰似玉”的效果，而是注重瓷器的绘画装饰。在明末的青花瓷上，就出现了娴熟的分水技法，到清朝康熙年间，青花分水已经是青花瓷的一种典型技法了。

外面人都说你的工艺是家里祖传的？

也有一点渊源。青花分水说起来简单，实际操作起来却大有讲究，有很多技巧。在宣纸上作画，水墨接触宣纸就会渗出墨韵，一笔下去，色彩层次自然呈现。而青花料一到胚胎上就是一团黑，怎么样出现晕染的效果，是要在实践中不断摸索的。我们正好在这方面有点经验。

苏丽珍觉得生活像是忽然打开了一扇门，门外天朗气清，风光无限。青花果然是有生命的，就像一个秀外慧中的古典女子，越了解，越让人心动，越深入，越让人沉醉。

李先生说学习青花技法要循序渐进，急不得，所以每次只教一点，但都是些很实用的技法。譬如，画梅花的时候采用水迹纹，一笔水和一笔水之间相互压住一点头，重叠的部分形成深一点的水迹纹，整枝梅花就俏拔而立了。画瓜果蔬菜小写意的时候，大面积地分以淡水，在转折处点缀一两点最浓的色块，整幅作品就会显得清新、明快，富有生命力。

李先生传授技法的时候，总是正襟危坐，像个老师傅似的一脸严肃。苏丽珍却是醉翁之意不在酒。她喜欢青花，是因为喜欢画青花的人。有时候，她会故作懵懂，缠着问问题。李先生却很少回答，只说不要贪多求全，或是要她自己慢慢领悟，完全是严师的态度。

工作室对苏丽珍来说，还是不让进的。李先生也从来不做示范，有时候会拿着刚画好的壶子给她讲解。苏丽珍便故意凑过去，吐气如兰，馨香阵阵。夏天衣衫单薄，难免会有身体上的碰触，李先生却仿佛没有任何感知。有时隔壁工作室会传来响动，有人在走来走去或是轻声咳嗽。李先生便会赶紧起身，似乎刻意要和苏丽珍拉开距离。

这样一来，苏丽珍也不晓得该怎么办了。她问我，我更不晓得。倒是吴警长出了个主意，说干脆请人上门，把这层意思说破。行就行，不行就算了，省得浪费光阴。请谁去好呢？居委会的治保主任张大妈是个热心肠，李先生是外地人，张大妈上门走访时也帮了他们不少忙。请她去说最合适了。

张大妈果然去了。回来之后，支吾了老半天，不说好，也不说不好。我们拉着她追问。她说，这种牵线搭桥的事我也做了不少，唯独这一次，碰上了难题。我也糊涂了。

苏丽珍问，是不是他不同意？

张大妈说，他倒没有说不同意，只是说怕自己配不上苏姑娘。

怎么说？

他说他家在乡下，是农村人。又说自己在景德镇落脚，人生地不熟，生活也不稳定。

那有什么关系，我喜欢的是他的才华。

我也说了，苏姑娘看中的是他肚里的才，这些都不是问题，我都可以帮你应承下来。但是他还说了一件事……

什么事?

他说他有一个堂兄,是跟着他一起生活的。

他有堂兄吗?我怎么从来没见过?

他那个堂兄,我倒是见过,是个拐子,个头又矮,长相也很丑陋。他堂兄自己也不喜欢见人,生人去了,马上就躲起来了。他说他答应了要照顾堂兄一辈子。我都奇怪,又不是亲兄弟,怎么要他负担呢?

苏丽珍不说话,眼神有点茫然。

张大妈说,这个事情一般人是接受不了的,嫁给他就要帮他一起照顾残疾。经年累月的,又不是一天两天,哪个女人愿意呀?

苏丽珍呆了半天,才幽幽地说,我是气他根本不懂得我,枉我对他一片真心。残疾有什么关系呢?那是老天对他不公平,我们自家人更要多用一份心去体恤他,照顾他。

张大妈说,难得你这么通情达理。我再跑一趟,把你的心意转达给他。

第二天张大妈就兴冲冲地去了,谁知李先生这次干脆直接回绝了。张大妈回来跟我们说,他什么原因都没讲,就是说不行。苏丽珍这么好的女人,他都看不上,我也猜不透是怎么回事。可能是有什么难言之隐,搞不好是身体有什么毛病。

我没听太懂,但知道不是什么好事,也没敢告诉苏丽珍。哪晓得这些议论很快就传遍了十八渡。李先生是没关系,他们本来就和当地人没什么来往。苏丽珍就不同了,她一直是邻里关注的对象,这回又给大家添了茶余饭后的谈资。

没过多久,苏丽珍就从厂里辞职出来,另谋职业了。

## 4

苏丽珍有绘画基础，悟性又好，尤其是这段时间得到李先生的点拨，对分水青花的技法已日臻娴熟。很多私营陶瓷企业都愿意高薪聘请她。可是，她却一概拒绝。她宁愿去一家美研所的展厅当讲解员，工资不高，还要天天朝九晚五守时间。

我晓得她还是放不下。我劝她说，当初李先生教你分水青花，也是为了让你有一技傍身。人有时候要现实一点，不能太感情用事。

苏丽珍说，我不行。我现在碰不得青花，碰了青花，就会心痛，好像被人剜了一刀似的。

我说，那怎么办呢？要不干脆忘了吧。

苏丽珍说，也不行。我心里又全是青花，天天在展厅闲着没事，想的全是青花的构图，这一笔要怎么落，那一笔要怎么点，有时候做梦都在画青花，怎么画都画不好，画出来的全是错。

我笑说，你是在说人，还是在说青花啊？

苏丽珍说，你不懂。

我说，我是不懂。不过，我知道李清照的词句：此情无计可消除，才下眉头，却上心头。

苏丽珍叹口气说，我是因为喜欢这个人才喜欢青花，也是因为喜欢青花才更喜欢这个人。一个人没有看过好的青花，是不会理解我对青花的情感的。

我晓得苏丽珍早就不去青石斋了，和李先生也断了联络。一段用过心的感情，是需要时间慢慢淡忘的。但是，生活总是会有许多意外的交集。

这家美研所的展厅主要是展示和销售陶瓷工艺师的艺术作品，有本所的，也有外面放在这里寄卖的。这天，有人送了一套青花的茶具过来，说是李俊卿的作品，证书、印鉴一应俱全，报价比市场价还低出不少。展厅的负责人见有利可图，当然欣然接受。

苏丽珍也凑过去看。画的是“荷塘清趣”，一把茶壶、六个茶杯，都是长长的圆柱形，画面是夏天的荷塘，大片青色的荷叶舒展开来，两枝荷花错落着，一枝盛开，一枝含苞欲放，边上斜逸出来的一枝荷梗上，一只雀鸟亭亭地立着，整个画面清新、恬淡、静谧。苏丽珍拿着看了半天，冷不丁说了句，假的！

你说什么？大家都望着她。

她说，画是画得不错，但这不是李俊卿先生的作品。

你不要乱讲，他有证书的。

苏丽珍拿起证书看看，又说，证书是真的，但东西是假的。

那是不可能的，你肯定搞错了。

苏丽珍说，不会错的。这是仿李先生的作品，技巧上已经相差无几，可以以假乱真，但是神韵上却差了一截。李先生的青花是用心画的，倾注了自己内心的情感，这是别人永远都仿不出来的。李先生画的荷塘含蓄而内敛，清幽之中有几分孤寂，荷叶和荷花不会这么一味地伸展着。尤其是这只雀鸟，意境差得更远了。李先生画的雀鸟，无论是飞着的还是立着的，无论是正面的还是侧面的，眼神中都会有一丝忧伤，那是李先生心里想说的话，别人是不会懂的。

大家再看，果然看出了一点门道，虽然不能拿李先生的真迹来比较，体味那只雀鸟眼中的忧伤，但还是被苏丽珍给镇住了。大家都说，李先生是用心画的青花，苏丽珍是用心看懂了。知音难求，搞艺术创作的人，哪个不想有一两个知音，看懂自己作品里的思想和情感呢？何况像苏丽珍这样的红颜知己，那更是可遇不可求了。

这些议论很快就传到了李先生的耳朵里。那天，李先生托人来约苏丽珍见面时，她特别开心，还特意拉着我陪她一起去买了套新衣服。

我笑她说，你已经够漂亮了，不买新衣服也可以迷死人了！

她说，李先生喜欢的是青花，你不晓得，再美的女人也美不过青花。

我说，青花是死的，你是活的，青花怎么能跟你比呢？

她叹口气说，我晓得别人在背地里议论，说他是身体有什么毛病，所以不喜欢女人。但我喜欢的是他这个人，还有他的才华，只要能和他在一起，其他我我都不介意。

我都想劝苏丽珍不要去见面了，但看她那么痴迷的神情，又说不出口。

那天黄昏，苏丽珍去青石斋时，店里已经打烊了。店门虚掩着，苏丽珍推门进去，里面一个人都没有。因为李先生特别交代要她去工作室找他，她便径自穿过院子，往工作室去了。冬天快到了，院子里的桂花树在风中摇摆着枝丫，空气中似乎还残留着桂花的清香。工作室的门敞开着，窗帘却是拉上的，又没开灯，里面一片昏暗，影影绰绰地看见工作室的一角有一张硕大的条案，上面散乱地放着些瓷胚、画笔之类的，条案边坐着个人，正望着苏丽珍。

苏丽珍在门边犹豫着，问，请问李先生在吗？

黑暗中听见那人答，我就是。

我找李俊卿先生。

我就是李俊卿。

苏丽珍怔住了。黑暗中虽然看不分明，但依稀看得出那人个头很矮，坐在工作凳上时，脚都够不着地。苏丽珍不禁问，你是他的堂兄吧？

是，我是他的堂兄。不过，我才叫李俊卿，他叫李二毛，是我花钱请来撑门面照顾生意的。

那这些作品都是你画的？

是的，都是我画的。李二毛什么都不懂，他本来是村里的一个小混混，在村子里待不下去了，求我帮忙收留他，我这个样子和客人打交道也不太方便，就跟他一起合作了。我管创作，他管销售。

那他跟我讲了那么多分水青花的技法？

是我教给他，然后让他转述给你的。我每天在工作室听你诉说，句句都说到我心里去了，像是替我把想说的话说出来了。你对我们这么好，我希望可以用这种方式报答你。后来，也是我叫他不要和你联系了，这样的事情，你肯定接受不了。我实在不想伤害你。

那你又为什么要约我见面？

我从小到大，从来没有人真正关心过我，我心里的苦，还有孤寂，都倾注在我的笔下，但是，这么多人买我的作品，却没有哪个人真正看懂了我作品里面的情感。只有你，是你打开了我的心扉，让我感受到了人世间的温暖。你看,这是我的新作——“高山流水”,画的是琴师伯牙和樵夫钟子期的故事,只有你看得懂,伯牙的眼神中充满了欣喜和快慰,再也没有了忧伤。

李俊卿越说越激动,不禁从工作凳上跳了下来,一拐一拐地朝门边走来。他举着刚刚画好的茶壶,向苏丽珍伸过来。正巧邻居家的灯亮了,一束光照过来,映在他的脸上,他丑陋的五官因为兴奋更显得扭曲。苏丽珍忍不住尖叫了一声,转身逃出了院子。恍惚间听见身后“咣当”一声,有东西摔在地上,碎了。

苏丽珍慌慌张张跑到街口,被人一把拉住了。回头一看,是李俊卿,哦,不,是李二毛。李二毛说,那个拐子,癞蛤蟆想吃天鹅肉,把你吓坏了吧?我早就跟他说,你喜欢的人是我,他偏不让我跟你交往。我要不是想偷学他一点技术,才不会去伺候他呢!

苏丽珍问,你说什么?

这算什么!他说分水青花是他们家祖传的,实际上也是他的爷爷在人家作坊里打工的时候偷学来的。那拐子小心得很,画到关键的时候,工作室都不让我进。还好遇上了你,要不是用你这个美人计,我还是什么都捞不到。

在昏黄的路灯下,李二毛的脸上呈现出一种恶狠狠的表情,再也没有了原先的慢条斯理。苏丽珍不由倒退了一步。

李二毛却紧跟着靠过来,说,我早就喜欢上你了,只是一直没办法告诉你,现在我们把分水青花的技艺学到手了,就可以不要管那个拐子的事了。以后你跟着我,肯定有好日子过。说着一把抱住了苏丽珍,凑过脸要亲她。苏丽珍再次发出了一声尖叫,用力推开李二毛,仓皇逃出了瓷器街。

第二天,青石斋就关门歇业了。店里的人都不知所终,走得干干净净。十八渡的瓷器街,从此少了一道风景。没过多久,苏丽珍也带着父母,回浙江老家去了。时间一长,和我也没了联系。

有时候,我回派出所去转转,碰到十八渡的老街坊,还会聊起苏丽珍。有人说她在浙江老家找了个老实男人嫁了,在家里带小孩,成了个普普通通的家庭妇女;有人说她浙江老家那边这些年经济发展得特别好,她下海经商,早就成了大老板;有人说她回浙江后去了杭州的一家美院进修,专攻青花技艺,现在已经在圈内小有名气了。说法林林总总,但是前后矛盾,可见都是演义版的,不可信。不过,经过这些年,我也晓得了,面对人生的迷局,也许不去追究更好。关于苏丽珍,一切想象都是可能的。因为,她的故事本来就穷尽了普通人的想象力。

至于李俊卿,他已彻底销声匿迹。没有人知道他去了哪里,也没有人传过他的一点消息,只有他留存下来的作品,一年比一年升值。李二毛倒是前两年又回来了,还开了家瓷器店。这几年陶瓷作品收藏越来越热,经营李俊卿的作品,已经成为李二毛店里的招牌。人家都说,现在市面上流传的李俊卿的作品,有一半是赝品,要数识货,那只能是李二毛了,毕竟是家里的人,又跟了他那么多年,看都看会了。

有一回,有朋友在李二毛店里喝茶,说起如何识别赝品,大家都说要请教李二毛。李二毛拿出两套青花的茶具,都是署名李俊卿的作品。他摆弄了老半天,古怪地笑了笑,斜着眼睛问,你们说,谁是谁的赝品呢?

# 饥饿

## 1

赵春华失踪了。

那天上午，未晞刚进办公室，还没坐下，队里的同事小罗就冲进来，没头没脑地说了句，赵春华失踪了。

未晞不信。她是市公安局刑警队的内勤，正忙着整理桌上的案卷，头都没抬。她说，你不要乱说，赵春华好好的怎么就失踪了？

小罗说，是真的，失踪一个多月了，谁都不晓得她去哪儿了。

未晞还是不信。小罗是队里的"小广播"，说话总是一惊一乍的。未晞瞪他一眼，转身要走。

小罗挡在她面前，说，我跟你说话哩，你干嘛？

未晞推开他，说，不要你管，我有事，懒得跟你说。

小罗看看她手里拿着的花洒，说，哦，是去给你的宝贝兰花浇水吧。我想起来了，这盆兰花还是赵春华送给你呢！

未晞怔了怔，心里好像爬进了个小虫子，无端地被噬了一口。她停下来，很认真地看着小罗，问，是不是真的？

小罗答，当然是真的，这样的事情，我骗你干嘛？陶艺圈的人都知道了，传得沸沸扬扬的。

未晞皱着眉，摇一摇头道，说不通，完全没有道理。

世事复杂，本来就没有道理可讲。

一个大活人，为什么好端端就失踪了？未晞还是觉得不可思议。

不晓得，也许是炒作吧。如今她的陶艺作品价格飙升，前阵子有人送了件她的作品去我女朋友店里，我女朋友嫌贵，犹豫了一下，可据说现在那件作品价格涨了一倍，眼睁睁看着到手的银子飞了，后悔死了！小罗的女朋友开了家陶瓷精品店，专门经营名人名作，小罗对圈内的行情也津津乐道。

炒作？不可能！赵春华是什么人？怎么会用这样的手段？她根本不屑。未晞辩驳着，语气坚定，似乎有十足的把握。

小罗又像平日那样嬉皮笑脸起来。他说，我差点忘了，你是她的知音。

知音？好像算不上。我跟她又不熟，见过几次面而已。对了，每次见面，你都在场。

但是，你们俩有缘分。

未晞想一想，说，缘分这个词，虚无飘缈的，尤其从你的嘴里说出来，感觉好奇怪。不过，也许吧，我和赵春华，数面之缘，也算是一种缘分。

赵春华在市里的陶艺圈颇有名气，美院毕业，擅长陶瓷雕塑，作品风格独树一帜，曾获得不少奖项。年纪却不大，三十岁左右，而且貌美，会打扮，更显得年轻。

未晞第一次见到赵春华，是为队里侦办的一起案件上门走访。是一宗诈骗案。嫌疑人以出版画册为由骗取了一批大师的陶瓷作品，画册没出，却把作品拿到市场上贱卖了，想卷款潜逃。有大师报了案，事情很快就败露了，人赃并获。其中有两件赵春华的瓷雕作品，都是力作，价值不菲。

小罗是这起案件的侦查员，需要核实情况。电话联系后，赵春华约他们在工作室见面。未晞和小罗一起去的。

工作室在郊外，坐落在山脚下。江南多山，山不高，说是丘陵更确切，葱翠旖旎，溪流宛转。小小的一栋两层楼，白墙青瓦，檐角翘立，房前有个大庭院，溪流从山上哗哗流淌下来，又从庭院中穿过，溪边垂柳婀娜，青青枝条随风飘舞。柳树边，露天摆着石桌石凳，桌面和凳面上都拼镶着青花的碎瓷片。

赵春华一袭白衣白裙，长发束起来，露出洁净白皙的面孔，笑盈盈的。

落座后，赵春华给他们泡茶，手法轻盈而娴熟。小罗开门见山，说明来意。赵春华却不着急，头都没抬，依旧专注地摆弄着手中的茶具。

听到小罗叫未晞时，她抬起头，看未晞一眼，轻声说，未晞，这名字很好听，你是姓陆吗？音色糍软，听着很舒服。

未晞惊讶，你怎么晓得？

赵春华又垂下眼帘，笑一笑说，蒹葭萋萋，白露未晞，所谓伊人，在水之湄。这是《诗经》里面的句子，和你很相称。

初次见面，未晞虽然觉得她是客套，心里还是十分妥帖。

未晞说，我们这次来，是想核实一下那两件瓷雕作品是不是你的。

赵春华说，我是给过他两件作品。那年轻人也是学习陶瓷美术的，毕业后开了家公司，做陶瓷文化推广，圈子里的朋友介绍他来找我，人看上去还蛮勤勉的。

他当时是怎么跟你谈的？

说是说了些,出画册,办展览之类的,我也没当真。

你晓得他是骗你的?

后来听朋友说才晓得,当时只觉得他说的话不太靠谱,并没有多想什么。

小罗问,你能不能给我们写个情况说明?我们会尽量为你挽回损失。

算了吧,我不想追究。那两件作品,当时我就想送给他算了。

我们办这案子也不容易,需要你们的配合。而且你放心,如果你担心影响不好,我们会给你保密的。

我不是担心这个。

那为什么?

赵春华沉吟了一下,说,我听说那年轻人是为了女朋友才这么做的?

他女朋友是他的大学同学,毕业后在大城市的一所名牌大学当老师,他觉得压力很大,怕自己配不上她,所以一心想多搞点钱。但是,这件事和他女朋友并没有关系,是他自己心术不正。

绕来绕去终归是为了一个"情"字。

"情"也有好坏是非之分,"情"字不是伤害别人的借口,更不是犯罪的理由。

赵春华低头喝茶,默然半晌,才幽幽地说,为情所困的人都是可怜的人。《佛经》上说,人生有八苦,生、老、病、死、怨憎、爱别离、求不得、五阴盛。我看这其中最苦的就是爱别离和求不得,亲爱之人不能共处,或是心有爱乐不能求得,都是折磨人的事情,好比钝刀切肉,经年累月,痛却说不出。

小罗和未晞都觉得接不上话了。正巧有个男人从屋子里出来,那男人五官俊秀,仪表堂堂。他走过来,站在赵春华身边,两手亲昵地搭在她肩上,问,来了客人?

赵春华没回头,淡淡地说,是我两个朋友,过来聊聊天。又向未晞他们介绍说,这是我男朋友。

那男人却很热情地说,我们正在筹办婚事,到时候你们一定要过来吃酒……

话题自然就转开了。小罗和未晞无功而返。回去的路上,未晞一直啧啧赞叹,赵春华很漂亮,看着就舒服。

小罗却说,皮肤白一点而已,漂亮算不上,太瘦了。

她气质好。

太清淡了,像白开水一样,没什么味道。

她会享受生活,工作室搞得跟世外桃源似的。

荒郊野外的,有什么好,出门买个东西都不方便。

她生活幸福,未婚夫长得很帅,又是艺术家,俩人志同道合。

性格不合拍,看上去不像热恋中的情侣。

可是,她多有文化啊,一听我名字就知道取自《诗经》,哪像你,天天"喂喂"、"嘻嘻"拿我名字开玩笑。

小罗大笑,这才说到点子上了。《诗经》我也会啊——有位佳人,与我同车。美女如云,君子好逑……

未晞也被逗笑了。

没隔多久,小罗女朋友的陶瓷精品店开张。小罗给未晞送来请柬。未晞问,有什么要帮忙的?本是句客套话,哪晓得小罗真是有求而来。

小罗一本正经地说,有一件事,非要你帮忙不可。

未晞奇怪了，我能做什么呀？最多帮你们跑跑腿，买买东西。

小罗说，我女朋友是赵春华的学妹，读书时就很仰慕她。最近，赵春华的瓷雕作品又在法国参加一个国际艺术展，风头正盛。如果我们店开张的时候，能请她来剪彩就好了。

未晞说，还是不明白，要我做什么？

我想你帮我去请赵春华。

怎么可能？我就跟她见过一次面，还是你带我去的。

你陪我去她工作室找她，帮忙说说话就行了。我有感觉，她一定会给你面子。

何以见得？

说不清，就是一种感觉，老侦查员的直觉吧。

那我就陪你去一趟吧。见见赵春华，应该是一件很愉悦的事吧。

见到赵春华时，她正在工作，案台上摆着的一件雕塑瓷胚已基本成形。造型像是两个人，一个站着，俯下身子，一个半跪在地上，伸展着双臂向上仰望，不是写实的细腻刻画，也看不出是男是女，夸张变异的形体反而给人一种奇特的视觉冲击力。

未晞思忖着说，这件作品很抽象，似乎有一种很强烈的情绪蕴藏在里面。

赵春华说，雕塑本身就是一种语言，表达的是作者对世界的认知，作者的情趣、思想和境界，直接影响着作品的精神气质。

这件作品有什么深意吗？

只是一种情绪的宣泄而已。也许，表达的是女性内心爱与恨的纠缠吧。

怎么讲？

其实，每个女人的心中都有一个“阿修罗”。争夺、媚惑、侵占、指使、利用，而后呢？却是冷漠、背叛、厌弃，还有憎恨。很少有人会领悟到，真正爱一个人，是从放低身段开始的。

我晓得，“很低很低，低到尘埃里，却在尘埃里开出花来”——张爱玲说的。

赵春华转身看未晞一眼，双目寒星般熠熠闪光。

未晞问，这件作品取名了吗？

赵春华答，还没有想好，你说，《朝与暮》好不好？

好啊，用具象的形体来表达抽象的概念，更像是一种隐喻，既有象征意义，又引人遐思，朝与暮，爱与恨，遗忘与纠缠……

小罗见两人相谈甚欢，赶紧把握时机，趁着兴头说明了来意。

赵春华却收敛起笑容，说，不好意思，我从来都不参加这种活动。顿一顿，又补充说，我不喜欢做戏。声音依旧绵软，却隐隐透着花岗岩般的冰冷和坚硬。

未晞见小罗使劲冲自己眨眼睛，只好跟着帮腔，其实，我们也算是蛮有缘分的，你就当是给朋友帮忙吧。

赵春华不好再拒绝，只好说，我再考虑一下。

开张那天，赵春华还是去了。虽然是敷衍应酬，却做足了工夫。一早就委托礼仪公司送去了祝贺花篮，稍后，又安排工作室的员工送去了一件陶瓷作品，正是那日创作的《朝与暮》，通体上着影青的釉色，晶莹剔透，如碧玉一般，看见的人都赞不绝口，小罗和他女朋友更是欢喜。赵春华人到时，穿着打扮也很正式，一直微笑着，如牵线木偶般任人摆布。仪式结束后，又在展厅流连了大半天，陪客人聊天说话，如同半个主人一般，给足了小罗面子。

这样一来二往，未晞和赵春华也熟络起来。虽然见面不多，但彼此觉得亲近,都有点惺惺相惜的味道。

## 2

赵春华送那盆兰花给未晞时,曾经告诉未晞,兰花喜润而畏湿,喜干而畏燥,水浇多了不行,浇少了也不行,阳光直晒不行,不受阳光也不行,总之,要想它开花,得花心思好好"养"着。

未晞把那盆兰花"养"在自己办公桌上,小心翼翼,百般呵护,却一直不见开花,连叶子都渐渐泛黄了。未晞天天折腾那盆花,难免会念叨起赵春华。

未晞问小罗,你说赵春华会去哪儿?

小罗答,不知道。

最近有没有关于赵春华的传闻?

不知道。

赵春华的瓷雕作品是不是又升值了?

不知道。小罗一问三不知,以不变应万变。

未晞追问,你不是和陶艺圈很熟悉吗?怎么什么都不知道?

小罗说,陶艺圈欣欣向荣,新人辈出,昨天有人出了本新画册,今天有人作品在拍卖会上拍出新高,明天又有几个陶艺家联名举行赈灾义卖,天天都有新故事。已经很少有人关注赵春华。

陶瓷文化是高雅的艺术,怎么被你说得像娱乐圈似的。

凡是可以标价出售的艺术,都具有娱乐大众或是娱乐小众的功能。只要有市场,就需要曝光率和关注度。你不露脸,又怎么会有人欣赏?其实,你不了解赵春华，她是最懂得捕捉大众心理、把握市场导向的，不然，怎么可以迅速成名？

未晞受到启发，灵光闪现，惊呼，我知道了，她一定有难言之隐，会不会是婚变？你不是说她和未婚夫不合拍，不像是热恋中的情侣吗？会不会是未婚夫移情别恋，她伤心过度，离家出走？

你怎么不说赵春华移情别恋？

她不像，她是一个深情的人。而且，这个世界上，为情所伤的多半是女人，越是深情，受伤越深。

赵春华可不是什么弱女子。

未晞一听就觉得其中有故事，好奇心顿起，赶紧追问，你认识她的未婚夫吗？是干什么的？

听说过，也是艺术家，但这些年主要精力放在瓷业经营上。陶瓷城中心广场边上，那个最大的展厅，就是他的。

那我们上门找他。

又不熟，贸然上门，人家不会见你。

你一定有办法。

我没有。

哎呀，你是队里的“小灵通”，这点小事，怎么会难倒你？

还真没难倒小罗。第二天，小罗就安排好了。队里最近破了系列撬盗企业保险柜案，队长分析案情后，认为不仅要打，更要防，于是安排大家上门走访，指导企业做好防范。小罗便以此为名，联系了陶瓷城。

赵春华的未婚夫姓汪，名翰飞，他的展厅占据着陶瓷城的中心位置，三层楼,场面大,装修也很考究。接待小罗和未晞的杨老师,是他们展厅的签约画师,跟小罗也蛮熟的。

交代完工作后,小杨陪着他们在展厅参观。一楼、二楼都是些泛泛之作,三楼才是大师的精品,有一片区域专门辟出来展示陶瓷雕塑作品。正中央那件瓷雕,夸张变异的形体,炫目的色彩,块与面的结合完全突破常规,虽是静止地摆放在那里,却让人看着心慌,似乎有一种压抑着的情绪随时会喷薄而出。未晞一眼就看出了那是赵春华的作品。

小杨介绍说,雕塑作品与绘画的根本不同就是它的立体造型,可以用三维空间的体积,来表现某种形象,欣赏者不仅可以用视觉,还可以用触觉来感知,自然蕴含着更多的艺术想象。

未晞问,赵春华的作品应该有很独特的地方吧?

小杨说,赵春华在美院是学油画的,受现代派艺术的影响很深。古典艺术追求"真实之美",是说明式、故事性的"再现艺术",现代派艺术标榜的却是象征性、表现性和抽象性。赵春华在创作瓷雕时,很自然地把现代绘画的理念融入了雕塑,她毫无顾忌地放弃了体积与光影的描写,放弃了细腻的肌肉起伏的塑造,而是用经过提炼的形、色、点、线来体现音乐般的节奏和韵律,表达出了抽象与微妙的象征意义。

未晞说,这件作品充满了粗犷、强烈、刺激的节奏,给人一种动荡不安的感觉。

小杨说,你的感觉很到位。赵春华给这件作品取名《饥饿》。

饥饿?赵春华年纪轻轻什么都有了,美貌、才华、事业、金钱、名气,样样都不缺,还会感到"饥饿"?

她的“饥饿”应该指的是精神上的吧。她说她的灵感来源于挪威画家蒙克的油画《呐喊》，表现的是现代人反省自身时的焦虑和恐慌。

怎么就只有这一件作品吗？

赵春华走了之后，余敏就让人把她的作品全部收起来了。余敏是我们的副总，展厅的日常事务都由她负责，汪总很少过问。这件作品是汪总执意要留下的。

这件作品摆在这里，的确是最抢眼、最独特的。

当然，赵春华始终是我们展厅的灵魂。我们展厅本来要取名“翰飞瓷园”的，可是汪总坚持改名为“天心园”，就是为了与“春华”相呼应，突出她特殊的地位。

小罗忍不住插嘴，春华对应的不是秋实吗？“秋实园”——丰收的意思，硕果累累，不是更好？

小杨很奇怪地看了他一眼，解释道，“天心园”这个名字取自弘一法师的偈语——华枝春满，天心月圆。

小罗讪笑着，有点尴尬。好在小杨和未晞并不在意他。未晞说，这句偈语是弘一法师临终前，在病中亲自手书的，是法师修行一生之后的彻悟。

小杨问，你也知道弘一法师？

当然，小时候都唱过他写的歌，“长亭外，古道边，芳草碧连天。晚风拂柳笛声残，夕阳山外山。天之涯，海之角，知交半零落。一觚浊酒尽余欢，今宵别梦寒。”不过，写这首歌时，他还叫李叔同，是风度翩翩的世家公子，思想新潮，多才多艺，诗文、词曲、话剧、绘画、书法、篆刻，无所不能。他最早将西方油画、钢琴、话剧等引入国内，也是中国第一个开创裸体写生的教师。

是啊，他阅尽繁华后遁入空门，苦心向佛，自辟蹊径，终成一代大师。

正说着，见一男一女并肩从外面走来，未晞一见之下觉得那男人好面熟，却一下子想不起是谁。那两人向里间的办公室走去，从未晞他们身边经过后，那男人才忽然想起什么似的，转过身，朝未晞走来。

未晞怔一下，猛然想起他就是汪翰飞，曾经在赵春华的工作室见过。汪翰飞显然也认出了他们，特意走过来打招呼。

汪翰飞说，你是未晞吧？春华多次提起你，说你悟性好，有灵气。

未晞故意说，我好久没见春华了，她还好吧？

汪翰飞神情黯然，说，她出远门了，还不知道什么时候回来。

未晞不肯放松，仍然追问，你们不是快结婚了吗？她好好的干吗要走？

这话像刀子一样刺向汪翰飞，他长叹一口气，表情无比哀伤，谁都能感受到他的心痛。那个陪在他身边的女人本来一直很关切地望着他，这时也很生气地瞪着未晞。

汪翰飞喃喃地说，执象而求，咫尺千里。有时候，对有些人，有些事，放手才是最好的选择。

未晞见状，都有点不忍心了。小罗赶紧打圆场，说了些工作上的事情。告辞离开时，转身的瞬间，未晞和小罗的余光都瞥见了那个女人轻轻握住了汪翰飞的手，动作十分亲昵。

出了“天心园”，未晞心中更是疑团重重。

未晞问小罗，那女人是谁？好像和汪翰飞关系很不一般。

小罗说，我出门时问了小杨，小杨说她就是余敏。听小杨的口气，好像对她很是不屑。

未晞笑说,“天心园”的人物关系还真复杂,环环相扣,纠缠不清。

小罗说,不过,我看汪翰飞的神情,那种伤心应该是发自内心的,不像是装出来的。

未晞说,你还记得我们年前办的那起失踪案吗?嫌疑人因为发生争执把情人杀害了,埋尸深山后又用受害人的手机给家属发短信,说是出去打工不回来了。后来,你们是怎么发现疑点的?

小罗说,那起案子是因为受害人的家属报了案,顺着因果关系去查,很快就查出来了。但是,赵春华这事不一样,你想太多了。

因果关系有时候是隐藏着的。太过骄傲的女人,难免树敌,如果有才华,更会成为众人标靶。赵春华这么骄傲,又从不掩饰,怎么会没有人忌恨?譬如,那个余敏,一定很不喜欢她。

不喜欢一个人是一回事,谋杀又是另一回事。

女人之间的谋杀,有肉体上的,也有精神上的。为什么肉体上的谋杀是犯罪,精神上的谋杀却如同战场,成王败寇。你见过哪个女人当众拉着别人未婚夫的手不放的?

你先入为主,不能客观地看问题。很多事情,是不能光看表象的。不管余敏这个人怎么样,但看得出她对汪翰飞的关切很真挚,也许他们之间有真爱也说不定。再说,如果赵春华真出了什么事,她的家人肯定会报案的。

赵春华是本地人吗?你知不知道她家还有什么人?

还真没有听说过,没有人知道她的家庭背景,她也从来不提。

那我们把答案找出来。

答案并不难找,但结果却出人意料。赵春华家境贫寒,父母都已退休,跟姐姐一家住在一起,姐姐姐夫下岗了,一家人挤在逼仄的弄堂里,靠低保生活。

小罗和未晞上门时,没敢说自己是公安局的,只说是赵春华的客户,想找她联系业务。

赵春华的姐姐穿着皱巴巴的睡衣,过度发福的身子堵在门口,大声说,她的事不要来找我们,我们早就和她断绝来往了。

未晞想起赵春华的清丽脱俗,完全不能相信眼前这个大嗓门的女人跟她是一母同胞的姐妹。

小罗故意说,我们实际上是有一笔货款要发给她,你们知不知道她在哪里?或者,通过你们转给她也行。

不料赵春华的姐姐更生气了,她哽着脖子说,赵春华再有钱,也是她的钱,跟我们没关系。你们不要来叨扰我们就行了。

这时,一个老头驼着背,拖着一麻袋废品从外面回来,听说有人找赵春华,立即气咻咻的,想说什么又哽着说不出,只不断地咳嗽着,咳得快喘不过气来。

赵春华的姐姐赶紧俯过身子去照顾他,动作温柔而耐心,那老头拉着她的手,渐渐平静下来。赵春华的姐姐冲着未晞说,我们真不知道赵春华在哪里,你们走吧,老人家身体不好,受不得气。

未晞和小罗只好识趣地告辞了。

每个人的内心都有自己不可告人的秘密。未晞觉得自己无意之中窥探了赵春华的隐私,虽然只有迷雾一团,可分明是另一个赵春华。完全不同的赵春华,庸俗的,卑微的,落魄的。未晞无法想象赵春华是如何成长成现在这个样子的,这其间,都发生过什么?

小罗劝未晞说,放手吧。她的世界,和我们的不一样。

正赶上局里组织统一行动，未晞天天加班，忙得不可开交，自然也就把这事放下了。

3

那天下午，未晞忙到快六点了，还没下班。大楼门卫的保安打电话到办公室，说，有人找你，在楼下等。

未晞说，你让他上来吧，我在办公室。

保安说，他说不上去，就在楼下等，让我告诉你一声。

未晞暗自揣测，是不是哪个案子的当事人想反映情况，又不想别人看见？匆匆忙忙收好东西下楼，院子里空荡荡的，并不见人。正狐疑时，停在角落里一辆越野车开过来，停在未晞身边，车窗摇下，有人朝着她招手。未晞定睛一看，是汪翰飞。

汪翰飞约未晞吃饭。没有旁人，就他们两个。未晞犹豫了一下，还是答应了。

席间，汪翰飞对未晞说，上次我听小杨说，你也喜欢弘一法师，就临摹了一幅他的书法作品，想送给你。

未晞展开一看，写的是"了世皆如梦，见心无所生"，用笔圆润，章法疏阔，确有几分弘一法师清拔脱俗的气韵。

未晞问，这句话好像有很深的禅机，是什么意思？

汪翰飞说，这是弘一法师从佛经中悟出的道理，说的是人活在这个世界上，一切都像梦幻一样，没有办法按照自己的心去行事，身不能自由，心也没有办法自在。

看汪总你的书法,觉得你还是更像艺术家,不像商人。

经商只是一种谋生之道,对我来说并不重要。我也不喜欢你叫我汪总。其实,你可以像春华一样,叫我翰飞就行了。

未晞和汪翰飞在一起,赵春华是绕不开的话题。

未晞问,你真不知道赵春华去哪儿了?她没有和你联系过?

汪翰飞黯然答,不知道,她不告而别,杳无音信。我早知道会有这么一天。她早晚会离开的,然后,一去不回头。她的生活,再也与我无关。

可是,你们不是打算结婚吗?应该彼此相爱才对呀?怎么说分开就分开了?

赵春华是一个特别的女人。她对爱的理解,和旁人不一样。或许,在她看来,拒绝一个人的荣耀远胜于委身于人。虽然我也不是很理解她,但是,我尊重她。她有权利选择自己想要的生活。

你怪她吗?

没有,我从来没有怪过她。很多事情,她也是身不由己。我为她所做的一切,都是心甘情愿。虽然,有一些事情,也许真的是我做错了。回头想想,会觉得自己很傻很失败。但是,我并不后悔。你懂我的意思吗?

是的,我懂。爱一个人,就是不问值不值得。因为爱所犯的错误,也是美丽的错误。

汪翰飞突然握住了未晞的手,似乎被感动了。他说,谢谢你这么理解我。你真是一个善解人意的女孩,而且,还这么漂亮,这么聪明,这么可爱……

未晞被他说得都有点不好意思了。

饭后,汪翰飞带未晞去市郊的一个公园。公园的草坪中央,立着一尊雕塑,是汪翰飞几年前创作的。洁白的大理石基座上，是面对面相拥着的一男一女，流动的形体线条似乎在诉说着一个缠绵的爱情故事。

汪翰飞说，建筑是凝固的音乐，雕塑则是凝固的音符。我们构思雕塑作品时，不仅要考虑作品本身的形体结构，也要考虑到它的空间形式。城市雕塑应该显示出它与所处空间的协调性，而不能让人觉得摆在这里很突兀。这个公园地处市郊，常有家人、朋友来这儿散步闲聊，所以我设计的这个雕塑名叫《拥抱》，希望可以让来这个公园游玩的人觉得很温馨。

未晞向四周看看，草坪上还真有不少年轻的情侣，有的手牵手在散步，有的相拥在一起窃窃私语。

夜空之中，繁星点点。汪翰飞仰头看天，叹口气说，人活在世上，总是会有很多的不得已。所以，要学会自我排解。古诗上不是说过吗？生年不满百，常怀千岁忧。昼短苦夜长，何不秉烛游！汪翰飞的声音低沉，有一点忧伤，却又带着几分洒脱和不羁。

未晞仰起头望着他，月光之下，他的脸庞更显得清朗俊秀。未晞屏住呼吸，不禁有一种想要伸手抚摸他的冲动。

汪翰飞俯身凝视着未晞，眼神中有火花闪烁。那火花落在未晞怀里，"嗤"的一声，有东西被点燃，烧起来了。未晞的心"扑扑"跳着，有点慌了。她看着汪翰飞越靠越近的脸，心想，要是他亲我，我该怎么办？

正犹疑着，却见汪翰飞忽然沉下脸，扭转身子，看着远处，一言不发。良久，才对未晞说，我们回去吧。声音竟显得十分疲惫。

之后一段时间，汪翰飞没有再约未晞见面，却时时电话联系。有时打电话来，三言两语，问候一下。有时发来短信，要么讲个笑话，要么说点小感悟。很殷勤，却不让人厌烦。

这天，未晞在办公室上班时，收到汪翰飞的短信。打开一看，是一首宋词："伫倚危楼风细细，望极春愁，黯黯生天际。草色烟光残照里，无言谁会凭阑意。拟把疏狂图一醉，对酒当歌，强乐还无味。衣带渐宽终不悔，为伊消得人憔悴。"虽然没头没尾，可未晞仔细读着，竟读出了几分甜蜜。

小罗进了办公室，瞄了未晞一眼，忽然很突兀地问，上次给你介绍的那个小伙子，人挺不错的，学历高，单位又好，你们还在联系吗？

未晞抬起头，收起脸上的笑意，说，那是好早以前的事了，我们早就没联系了，你问这干吗？

没什么，我关心你。

未晞不理他，仍然低头翻弄着手机，一条条地看短信。

小罗却走到未晞面前，定定地看着她，很认真地问，你最近是不是在和汪翰飞联系？

你问这干吗？

汪翰飞这个人，并不像表面看上去那么好。他的生活圈子，和我们的不一样。听说他蛮花心的，身边的女孩子换来换去，都换过好几拨了。

你怎么晓得？你不是跟他不熟吗？

我是为了你特意去打听的。而且，你看他和余敏的关系，就想象得到了。我们这么多年的搭档，我把你当成自己妹妹一样。这样的事情，别怪我没有提醒你。

没这回事，你不要乱猜。未晞矢口否认。

她想起那天晚上在公园里那座名为《拥抱》的雕塑前，她在月光下凝望着汪翰飞俊秀的脸庞，心中不可遏止地有一种想要抚摸他的冲动，脸上不禁泛起潮红。心却陡然凉下来了。

汪翰飞再打电话来，她要么不接，接了也是冷冷地说声“有事”，就匆忙挂断。发短信来，也不会回，而且立即删除。未晞相信，小罗是不会骗自己的。她可不想让自己陷入一段是非之恋。

所以，几天后余敏打电话约未晞见面时，未晞很意外。于是，委婉地拒绝了。可是，余敏一再坚持，又说有关于赵春华的事情告诉未晞，未晞只好勉强答应了。

她们约在一家咖啡厅见面。找了角落里一个靠窗的座位，窗外华灯闪烁，树影婆娑。

余敏化了淡妆，穿着一身粉色的套装，显然是精心打扮过的。

未晞说，你一定要见我，应该是有什么事吧？你直接说吧。

余敏问，你最近是不是在和翰飞联系？

未晞一听就很反感，她生气地反问，我需要告诉你吗？

余敏慌忙解释，你不要误会，我没有别的意思。我只是想跟你说，翰飞这个人非常好，你不要听信别人的谣言。

未晞说，我想是你误会了。他好不好，跟我没有关系。我和他只是见过几次面而已，连朋友都算不上。

余敏说，你是不是因为赵春华的事情，对他有偏见。其实，赵春华完全不像你们想象的那么完美。在这件事情上，从始至终，受伤害的人都是翰飞。

赵春华是一个把感情看得很重的人，不像是会移情别恋。

移情别恋？不，她不会移情别恋，相反，她一往情深。只不过，她爱的那个人不是翰飞。翰飞只是被她利用的一枚棋子。余敏说起汪翰飞时，表情充满爱怜，又带着几分愁苦。

未晞更不明白了，只好疑惑地看着余敏。

余敏叹一口气，问，你知道"阿修罗"吗？

好像曾经听赵春华说过。

"阿修罗"是印度远古诸神之一，女身的"阿修罗"貌美如花，却常常怀着争夺占有之心，迷惑颠倒众生，让身边的人受苦受伤。赵春华这样的女人，就是"阿修罗"再生。

什么意思？

赵春华是同性恋，她喜欢的是女人，而不是男人。她的家人发现之后，非常生气，说她伤风败俗，把她赶出了家门，不再认她这个女儿。赵春华当年读书时，家人为她倾尽所有。她不想让家人伤心。她和翰飞结婚，只是为了得到家人的原谅。

太离奇了，让人无法想象。汪翰飞知道吗？

一开始不知道，后来的交往中，才慢慢知道了。

那还和她结婚？

翰飞是真心喜欢赵春华，他以为自己可以感动她，让她回心转意。结局如此，他也算是醒悟了。

为什么要告诉我这些事？

我希望你可以和翰飞交往。我看得出，他对你是有感觉的。有时候，他给你打电话，或是发信息，那种表情非常甜蜜。我从来没见过他有那种表情。

你怎么会这么想？我以为喜欢他的人应该是你！

我承认，我是喜欢他。正是因为喜欢他，才希望他幸福，才愿意为了他的幸福，做任何事情。

可是，我不想掺和在你们中间。我对你们这些事，完全不感兴趣。

算我求你了，好不好？余敏低声哀求。

未晞更疑惑了。

余敏的声音有点哽咽，她努力克制着随时会夺眶而出的眼泪，犹豫了许久，才轻轻地说，赵春华这件事，对翰飞的伤害太大了，不仅是感情上的，还有身体上的。他在生理上已经无法正常地去爱另一个女人，你懂我的意思吗？

未晞懵住了，但很快就反应过来了。她说，不会吧，我好像听说他身边有很多小姑娘，换来换去，天天不一样。

余敏苦笑着说，他去很多大医院看过，医生说他的问题是因为心理障碍造成的，无法治疗，自己放松心情，自然就会好了。他以为放纵自己，就可以解开心结。哪晓得情况越来越糟。直到他遇见了你，我很明显感觉到了他的变化。我想，也许你就是他的良药，只有你可以唤醒他。

未晞说，你错了。他的药方不是我，而是你！是你一直默默地守在他的身边，愿意为他承担一切。只有你，才能够拯救他。

我可以吗？余敏迟疑着问。

当然。你可以打电话给他，把你的心里话讲给他听。未晞知道，余敏需要的不是答案，而是鼓励。

未晞告辞离开。走出咖啡厅，回头看看，隔着玻璃窗，见余敏正在讲电话，神情无比温柔娇痴，与刚才判若两人。

未晞又想起赵春华曾经说过，每个女人的心中都有一个“阿修罗”。

4

未晞这些天工作忙，办公桌上的东西越堆越多，那盆兰花叶子泛黄，奄奄一息，总觉得碍手碍脚的，越看越扎眼。她便把它搬到走廊尽头的阳台上去了，由着它自生自灭。

没过多久，有一天一早上班，却见那兰花又摆在办公桌上了。居然开花了，一朵一朵，娟秀盈白，还散发着阵阵幽香。

未晞吓一跳，心想，难道真是被下了蛊？却听见保洁的阿姨说，你这花开得真好，我帮你搬进来了，放在办公室里多好看啊！

未晞深深吸一口气，只觉得那花香越来越浓，缠绕着她，让她头疼。正巧这天有位老同学到局里办事，顺便来看看未晞。未晞见老同学对那盆兰花赞不绝口，便慷慨地说，你要是喜欢的话，送给你，你把它搬走吧。

老同学说，这花是蕙兰，品种很名贵的，我怎么好意思随便拿走呢？

未晞说，没关系，我不懂花，也养不好，摆在我这儿也是浪费，不如送给有缘人。

老同学高高兴兴地把那盆兰花搬走了。未晞的办公桌上又空荡荡了，她如释重负。

从此，未晞再也不“养”花了。

# 天梯

## 1

今天是朱警长带着巡防员小周值班，派出所人少事杂，轮上值班，一天二十四小时都要待在所里，随时出警，检查、办案、调解纠纷，遇到什么事处理什么事。

晚上九点多，小周躺在值班室的床上看电视剧，正看到精彩时，听见朱警长在隔壁办公室大声喊他。朱警长是所里出了名的“工作狂”，做事特别认真，晚上值班一刻不停，不是整理工作档案，就是看法学资料准备自考。

小周磨蹭着从值班室出来，说，喊这么响做什么？一看朱警长全副武装，警棍、手铐、步话机，腰间还别了一把锃亮的手枪，他吓一跳，问，出什么事了？

朱警长说，刚接到报警，南街靠近湖滨小区的地方，有一家叫“家家乐”的小超市，有一伙持刀的小混混在打劫。我们赶快过去，晚了就抓不到现行了。

南街离派出所不远，开车大概十几分钟。朱警长把车开得飞快，小周受他感染，也禁不住摩拳擦掌，有点临战的感觉了。他们所辖区治安平稳，晚上很少发案，偶有报警，也是些鸡毛蒜皮的小事。持刀抢劫，算是大案了。

十分钟不到，他们就到了“家家乐”超市门口。朱警长紧急刹车，一熄火，就跳下车，带着小周冲了进去。眼前的情景比持刀抢劫更让他们意外。

店内出奇的平静。说是超市,不过是个可供自选的普通的杂货店而已,约莫七八十平方米,几排货架,分门别类地放着些日用品。沿街的一面是玻璃门,门边放着张桌子,权当是收银台。一个三十多岁的女人,脸色苍白,呆呆地坐在桌子边上,像是被他们的阵势吓住了。

朱警长示意小周四处看看。小周在超市里面转了一圈出来,说,什么都没发现,我连后面的杂物间都检查过了,一个人都没有,货架上的东西也摆得整整齐齐,没有什么异常。

那女人像是缓过劲来了,站起身问,你们有什么事吗?

朱警长问,刚才是你报警吗?

报警?没有啊。

小周迫不及待地追问,不是说有人持刀抢劫吗?

持刀抢劫?没有啊。那女人低声答,看不出惊慌,也不诧异。

朱警长和声说,你不要怕。如果真有抢劫的话,你告诉我们,我们会保护你的。

真的没有。你看我这不是好好的吗?

你是店主吗?

是。

听你的口音,好像不是本地人。你叫什么名字?

苏琴。苏州的苏,弹琴的琴。

你来我们这多久了?

今年来的,有几个月了吧。

我平时也经常在这边巡逻,好像没见过你。

我请了个小姐妹看店的，平时我就是晚上关门时来结结账。今天她跟男朋友看电影去了，我闲着没事，就在店里守守。现在生意难做，我们小本经营，赚一点算一点。

我可以看看你的身份证吗？

可以。那个叫苏琴的女人转身到收银台的抽屉里拿出个提包来，低头翻了半天，说，忘带了，可能是放在家里了。

朱警长在她低头翻包时，瞥见她右手手背上有一道血痕，像是被刀划伤的，便问，你的手怎么了？

苏琴的手本能地往后缩了缩，说，没什么，下午搬货时被货架上的铁皮划伤了。

你是哪里人？

J市的。

朱警长说，你是外地人，按规定来我们这经商或者打工的，都要去当地派出所办暂住证，你办了吗？

我不知道，没有人告诉我。

那你明天去吧，带上你的户口和照片，到我们所里来办就行了。

知道了。苏琴说，我要关门了，反正没什么生意，早点回家困觉。

朱警长临走前留了一张警民联系卡，说，你把门关好，要注意安全。上面有我们派出所的电话，有什么事及时报警。

回所里的路上，小周一直在唠叨：哪个吃饱了撑的，没事乱报警，害我们白跑一趟。那个电视剧正看到最精彩的时候，回去可能还可以赶个结尾。

朱警长沉默良久，忽然说，我觉得这件事有些不对劲。

小周不以为然地说，有什么不对劲的？假报警的多了，可能是哪个吃醉了酒，或者是哪个补课回家的小孩子，有些人就是喜欢恶作剧。

朱警长说，这个报警是县局110台转过来的，他们接警有录音的，应该会有一个基本的判断，不会随意调度警力的。

回所里后，朱警长立即给110台回电话，一是报告出警的情况，二是详细询问了报警的情况。按照110台提供的报警电话，朱警长回拨了这个号码，一次，两次，三次，始终无人接听，在冗长而尖锐的“滴”声后，听筒内传来语音提示：“对不起，您拨的电话暂时无人接听……”

## 2

第二天早上七点，办好交接班，小周急急忙忙地就想溜。他老婆下岗了，在小区摆了个水果摊，他想赶回去帮忙。刚走到门口，就被朱警长叫住了。小周说，怎么了，今天不是轮到我们休息吗？

朱警长说，昨天那个报警我总觉得不对劲，我想再去核实一下。

小周说，当事人都说没事了，太太平平，还不好啊。你老婆不是大肚子在家待产吗？你也赶紧回家陪陪她吧。

朱警长说，我昨晚睡不着觉，把事情梳理了一下，还是有些疑问。我上网查了一下J市的人口信息，有好几个叫苏琴的人，但是年龄和相貌都和昨天那个女人不相符。

你不是通知了她来办暂住证吗？今天还有值班的民警，他们会处理的。

这边正好也是我管的片区，我还是想上门去看看，放心一点。

小周早已习惯了朱警长的认真和执拗。朱警长是外地人，从警校毕业后考进了县公安局，分配到派出所当社区民警，干了也快十年了。刚来时连当地人说话都听不懂，现在可以独当一面管好一个片区，靠的就是认真，只要是他做的事，他一定会尽最大的努力做好。

到南街的湖滨小区时，“家家乐”超市还没开门。街上熙熙攘攘，晨练的，上班的，卖早点的，人声车声交织在一起。朱警长站在超市门口，往周围看了看。

朱警长问小周，你看看周围这些楼房，哪个位置可以看清超市里面的情况？

小周问，不是假报警吗？

朱警长说，我们先假设这个报警是真的。我查了一下，那个报警电话是个固定电话，说不定是哪个家里的电话，要不就是公用电话打的。你看看街对面那栋两层楼。

超市门前的街道不宽，是条双车道的小街。街对面的两层楼是栋旧楼，本是某个单位的宿舍楼，近些年原来的住户陆陆续续搬了出去，房间大多转租给外来务工人员，有些两居室挤挤挨挨地住了七、八个人。朱警长曾多次上门走访，对那儿的情况比较了解。

朱警长说，这时候他们还没出门，我们去问问情况，说不定会有收获。

朱警长带着小周直接上了二楼。二楼的阳台是公用的通道，阳台正对着街道，朱警长推开阳台的玻璃窗，朝对面看过去，超市内的情形看得清清楚楚。再往前走，阳台尽头的墙面上挂着一部电话，大概是房东为了方便租户安设的。朱警长脑海中灵光闪现，拿出手机又回拨了昨晚那个报警电话。果然，墙上那部话机响起了尖锐而刺耳的“铃”声。

楼道里有几个认识朱警长的，都过来打招呼。朱警长问，你们这有谁昨天晚上报警吗？

报什么警？是不是老张又打老婆了？

老张是这儿的老住户，喜欢喝几杯小酒，酒后常会有些暴力举动。但平常还是蛮有人缘的。他喊了一嗓子，楼里的人都聚了过来。大家七嘴八舌。有个年轻人说，好像我屋里的强仔说昨天看见有人抢劫，不知道是不是他报警了。

强仔人呢？

那年轻人转身去找，过了十来分钟，拉了个头发乱蓬蓬的睡眼惺忪的小伙子出来。

朱警长说，大家都去忙自己的，没你们的事。我们就找强仔问问情况。

强仔两眼血丝，明显睡眠不足。

小周问，你昨天晚上干嘛去了，好像一晚上没困觉。

上网，就是前面那家网吧，到今天早上快五点钟才回来。

是你报的警吗？

强仔脑子嗡嗡响，愣了半天才恍然大悟似的，是啊，昨天晚上有人打劫，四个男的，都是二十来岁，拿着刀，把超市收银台里的钱都抢光了。超市里那女拿手去挡，好像还受了伤。

朱警长和小周对视了一眼，又都满腹狐疑地看着强仔。小周问，你昨天晚上是不是喝酒了？

强仔说，昨天晚上我们老乡聚会，酒是喝了，不过我没喝多。喝完酒我们去网吧,网吧老板说现在派出所要求严,上网一定要身份证登记,我就回来拿身份证。走到这里时,我无意中朝对面看了一下,就看见打劫的。我马上就报了警。

朱警长问,还有谁看到了?

没有。就我一个人。

小周说,派出所天天要管的事多了,假报警是要被处罚的,你晓不晓得?

强仔愣了一下,像是终于醒过来了。他说,是真看见打劫了,我是想做好事才报警的。我想帮帮她,那女的一个人,看上去蛮可怜的。

强仔见朱警长不置可否,又说,朱警长,你不记得我了?去年是你把我救出来的。那时我刚从学校出来,找不到工作,被同学骗过来,说是他们老板高薪招聘技术人才,其实是搞传销。我被他们关在一个小房间里,身份证、手机都被没收了,不交钱就不让走。我乘他们不注意扔了好多张小纸条出去求救。那天我一个晚上没睡,盼着有人来救我。果然,第二天你就带着人来,救了我,还把那个传销团伙的头目关起来了。

朱警长想起是有这么回事,他们接到群众举报后,捣毁了一个传销窝点,仔细看看强仔,确实是那个稚气未脱的受骗学生。朱警长问,当时不是通知你父母来接你吗?你怎么没回家?

强仔笑了,说,我觉得这儿治安蛮好的,就留下来了。你放心,我正儿八经找了份工作,老板还说要给我加工资哩!

朱警长也笑了,拍拍强仔的肩说,好好干,有什么困难就到派出所找我。

强仔说,好啊,我把你当自己大哥一样哩!

## 3

小周老婆的水果摊上午进货，小周忙了一上午，快十一点赶回派出所时，朱警长已经在等他了。他们约好了到"家家乐"超市再去一趟。

"家家乐"生意似乎不太好，收银台边坐着个小姑娘，搁着脚，在给脚趾甲搽油。见朱警长他们去了，也还是大咧咧地坐着，头都没抬。

小周不耐烦地敲敲桌子，大声说，怎么回事啊你，警察上门了都没什么反应？

小姑娘答，我这是自选超市，要买什么你们自己去拿。

小周说，我们不是来买东西的，是来找你了解情况。

小姑娘冷冷地说，找我干嘛？我又没干坏事，超市营业员，你们管得着吗？

小周正要发火，被朱警长拦住了。朱警长说，你别误会，我们只是上门了解点情况。你叫什么名字？

小招。意思就是像你这样的帅哥有事就招呼我。见朱警长这么和颜悦色，那小姑娘又嬉皮笑脸的变得油滑起来。

小周真要发火了，凶巴巴地说，什么乱七八糟的，身份证带了吗，拿出来看看。

小招说，你凶什么，要看也不给你看。说着从包里拿出身份证，递给朱警长。

王招弟，你是本地人。

琴姐说叫招弟太土气了，叫小招就好听多了，客人一听就喜欢。

哪个琴姐？

就是我们老板娘了。

你们很早就认识了？

是啊，去年我在J市打工，就是在琴姐那里做，琴姐对我很好。

在J市那边也是开超市吗？

不是。

那是做什么？朱警长追问。

也没什么了，就是服务业。小招含含糊糊地应付着。

后来怎么不做了？被公安“扫”出来了吧？小周略带鄙夷地问。

不是的。是因为琴姐谈恋爱了，杨哥又高又帅，跟这位警察哥哥比起来，一点也不差。小招扭着身子瞄一眼朱警长，笑嘻嘻地说。

杨哥又是谁啊？

就是我们一个客人，哦，不是，就是我们一个朋友了。他喜欢琴姐，天天去店里找她。他还说要跟琴姐结婚。琴姐就把店转让了，跟着他到四川做生意去了。

怎么又从四川到这来了？

不晓得。年初的时候，琴姐来找我，她说想在这里做点小生意，要我给她帮帮忙。我问杨哥的事，她说分手了，脸色难看得吓人。我就没敢问了。小招忽然意识到了什么，问，你们是不是来找琴姐的？

是，你知不知道琴姐的全名是什么？

那我还真不知道，我认识她时，她就要我们叫她琴姐。好像听一个姐妹说她姓张吧？

姓张？你肯定吗？

不晓得，我不记得了。你们找她干吗？是不是出什么事了？

没有，我们只是想通知她去所里办暂住证。

哦，我想也不会有事。其实琴姐也蛮可怜的。她那时候跟杨哥好得不得了，为了杨哥，什么都可以放弃。杨哥说要做生意，她想都没想，就把店转让了，跟着杨哥去了四川。可还没到一年，说分手就分手了。来找我时，人都瘦了一圈，还大病了一场，在医院里待了一个多月，都是我在照顾她。我劝她回家去，她说没脸回去。她原来离过一次婚，这次又弄成这样，跟家里也没什么来往了。

你知道她在四川是做什么吗？

好像是开了一家建材店，销售建筑陶瓷，地砖、墙面砖之类的。杨哥本来就是在建筑陶瓷厂跑销售的，J市这边有货源，在四川那边生意也做得蛮好的。那时候琴姐特别开心，打电话说准备结婚，我还绣了一幅十字绣寄给她做结婚礼物。

什么时候的事？

去年十月份吧。我想起来了，杨哥的名字叫杨少勇，我送的结婚礼物就是写了他的名字寄过去的。

你琴姐现在在哪？

她精神不太好，经常恍恍惚惚的，白天很少过来，一般都在家待着。

她住哪？

她在我家附近租了个房，蛮简陋的，一室一厅。我跟她说像她这么能干的人，应该去大一点的城市发展，不要待在小县城。可她说喜欢这里安安静静的，没有人认识她。

小招说了个地址，并不是朱警长管的片区。朱警长叫小周记了下来，然后对小招说，我是这个片区的警长，你有什么事或是想到什么情况，可以到派出所找我。

好啊。小招朝朱警长飞了一眼，又有点轻飘飘的意味了。

## 4

照说这事到此就可以告一段落了。苏琴的租住地不在朱警长的片区，朱警长只需把这一信息反馈给分管的片警，让他们督促办暂住证就行了。可朱警长的心里总是觉得疙疙瘩瘩的，为什么不说真名？为什么明明遭劫却矢口否认？为什么手受伤了还要遮遮掩掩？为什么要找个没人认识的地方落脚？一连串的疑问，越追究越让他无法释怀。

中午把老婆送到丈母娘家后，朱警长没什么事，又转到派出所来了。今天他休息，手上也没什么要紧的事，便关起门在办公室上网。登录后，他习惯性地了进了警校同学的QQ群。朱警长在警校学的是刑事侦查，学习之余喜欢读福尔摩斯探案集之类的推理小说，尤其向往那种通过细致入微的观察和缜密的分析推理一步步剥离案情接近离奇真相的畅快感。可毕业后班里的同学大多进了刑侦队，偏偏他到了派出所，成了一名普通的社区民警，天天和一些鸡毛蒜皮的琐碎事打交道。所以，经常和同学联系，听他们讲讲办案的故事，就成了他生活的一大乐趣。

这天中午，正巧J市刑侦队的同学也在线。朱警长和他聊着聊着就说起了昨晚出警的事。朱警长说，贺明，你现在也是个中队长了，大案要案办了不少，你帮忙分析分析，这事是不是有点蹊跷?

贺明说，我们J市的人口管理系统运行了这么多年，信息还是比较完整的，如果你没有查到这个女人的信息，那说明她确实没有用真名。

可能会是什么原因呢?

这很难说。每个人都有自己的难言之隐。从心理学的角度说，女人是感性的动物，情感需要对女人来说是极重要的心理需要。因此，女人的很多问题往往都受情感因素所左右。

她在感情上还蛮复杂的，离了婚，找了个男朋友，又分手了。

还有什么具体点的?

都是些很八卦的事，绕来绕去，跟这事没什么关系。

说来听听。

朱警长便把小招说的事重述了一遍。

听到杨少勇这个名字时，贺明顿住了。他想了想说，我对这个名字有印象，可能是哪个案子里的。

朱警长说，杨少勇这名字太普通了，说不定是同名同姓的。

贺明说，当时我还参与了调查，就是今年春节后的事，你别急，我查查案卷。

过了十来分钟，贺明又上线了。他给朱警长简单地介绍了那个案子的来龙去脉。他说，今年五月份，有个姓吕的小老板来队里报案，说是被诈骗了。他开了家小公司，经营建筑陶瓷，公司开了几年，生意一直比较稳定。

谁知去年和四川一家公司做了一单业务，那边收货后却一直未汇款过来，再联系时对方却杳无音信，公司电话没人接，手机已停机。半年多过去了，吕老板着急了，不晓得怎么办，跑到公安局来报案了。

朱警长问，他做生意这么多年，怎么会轻易相信对方，随便发货过去呢？

对方也是一家合法注册的公司，吕老板给我们看了对方公司营业执照、税务登记证的复印件，还有这单业务的购销合同、发货单等材料，都是按照正常程序走的。

对方是家什么样的公司？

私营的，法人代表就叫杨少勇。吕老板说，杨少勇也是J市人，原来是一家建筑陶瓷厂的业务员，他们认识很多年了，一直觉得他还蛮本分的，让人信得过。去年他大概是赚了点钱，跑到四川去开了家公司，也合作过几次，货到后都按时汇款过来了。想不到这次不付钱，连人都不见了。

金额大不大？

不算大，20多万吧。

会不会是对方资金周转不灵，拖延了付款呢？

吕老板说，杨少勇收货后，确实打了个电话，说另外有一笔应急的钱要支付，那边一处理好，就打款过来。吕老板左等右等都没等到，就奔公安局来了。

这事属于经济纠纷，应该去找法院。

我们也是这么跟他解释，可他说法院就算是裁决了，钱追不回来也是白搭。他们总以为这类事情还是公安的力度大，于是找了不少人上门说情。当时我们分析这事也不排除诈骗的可能性，就先期做了一些外围调查。

有什么发现?

我们发了协查函给四川当地的警方,他们反馈说,杨少勇的公司是在当地工商部门合法注册的,执照在有效期内。公司的登记地址是在一个小区的出租房内,已经预付了一年的房租。因为平时就很少和邻居来往,所以也没有人注意到他们是不是离开了。

是不是回J市了?

我们去了杨少勇家,家里只有他的父母在,说到杨少勇,他们一问三不知。邻居说杨少勇找了个老婆是做“鸡”的,父母坚决不同意,已经和他断绝来往了。

那后来怎么办?

没什么证据证明这是一起诈骗案,立不了案,只好先搁下了。不过看你说的情况,可以肯定这两个杨少勇是同一个人。要不下午你去找找那个苏琴,打听一下杨少勇的下落。

可以。苏琴应该不是真名。你要有时间的话,去找杨少勇的父母问问苏琴的情况。

好。我下午去那一片排查线索,正好顺路去看看。

## 5

杨少勇的父母家在市中心的一个居民小区,是上世纪八、九十年代教育系统的福利分房,房子虽然旧了,但是环境很整洁,楼道干干净净的,扶手上一点灰尘都没有。

贺明的记忆力好，到过的地方、见过的人都不会忘。虽然上次到杨少勇父母家是几个月前，还是晚上去的，可他照旧熟门熟路。杨少勇的父母都是退休教师，父亲退休前还是某个中学的副校长。他们俩退休后生活很有规律，早起锻炼身体，上午买菜做饭，下午一般都待在家里，喝茶、看电视、读读报纸。

杨师母开门见到贺明时，似乎并不陌生。她很礼貌地把贺明请进门。

贺明说，杨师母，不好意思又来打扰你们二老。

杨师母说，没关系，您坐，我去给您倒杯茶。

贺明在客厅的沙发上坐下。客厅很简朴，但是干净整洁。中堂正中的墙上，贺明记得上次来的时候是挂了一张全家福的，现在空荡荡的，留下一块亮眼的白色，显得有点突兀。

杨老师在书房看报纸，听见声音也出来了。

贺明很客气地说，杨老师，打扰你们了，我只是想来了解点情况。

杨老师问，还是为少勇的事吧？

贺明答，是，和他有关系。

杨老师说，我们当了一辈子老师，教书育人，讲道理给学生听，自己也是有觉悟的。但凡我们晓得的，都会尽量配合你们。

贺明说，难得你们这么通情达理，很多人都嫌警察找上门来。

杨老师说，你们也是职责所在，我们能理解。我的学生也有做了警察的，现在还和我联系，时常来看看我这老头子。我总是跟他们说，现今这样的社会，做个好人不容易，做个好警察更不容易……

杨师母忍不住打断他，行了，你说起来就没完没了。人家贺队长还有事哩！贺队长，你们是不是有少勇的消息了？他回来了没有？

贺明愣了一下，没想到杨师母会向他追问杨少勇的下落。贺明说，我这次来，和杨少勇有点关系。我想了解一下他女朋友的情况，好像是叫苏琴吧？

杨老师和杨师母顿时就沉默了，脸色变得非常难看。贺明明显感觉到空气都变得凝重了，只听见杨老师越来越重的喘息声。

杨老师说，对不起，这个女人和我们一点关系都没有。我们不认识她。关于她的事，我们一概不晓得。说完拂袖离座，转身就进书房去了。

杨师母有点尴尬，嗫嚅着解释说，这个女人只来过我们家一次，我们也就那次见过她，对她不是很了解……

忽然，听见书房传来“咣当”一声，有什么东西重重地摔在地上，碎了。

杨师母止住了话，不出声了。

贺明见状，只好告辞。杨师母说，我送送你。也跟着出来了。

路上，杨师母问贺明，少勇是不是犯事了，你们接二连三地上门来找他？

贺明问，你们有多久没和他联系了？

杨师母说，上次他带那个女人回家，说要和她结婚。他爸坚决不同意，说他要是要这个女人，就不认他这个儿子。父子俩大吵了一架。他爸把他赶出去了，他就再也没有回来了。

那是什么时候的事？

差不多是一年前吧。

现在的年轻人，恋爱婚姻自由，你们做父母的也不要干涉得太多。

贺队长你不晓得，这个女人比少勇大八、九岁，又是离过婚的，没有一点配得上我们少勇。少勇太单纯了，完全被她蒙骗了。

他们怎么认识的？

说起来真是家丑。那个女人下岗后，开了一家小发廊，就是做些不光彩的“服务”的。少勇可能是陪着客户应酬，遇上了她，就被她缠上了。我们少勇一表人才，又是读过书的，好多同事邻居都上门给他介绍对象。偏偏被这个贱女人缠上了，她是风月场上的老手，就是靠这个吃饭的，我们少勇哪里经得起她骗。

贺明见杨师母一贯温和的脸因为愤怒几乎变得扭曲了，也不知道该说什么好了。

杨师母说，你们上次来问少勇骗人家钱的事，我越想越不对劲。我们少勇从小家教就很严，不赌博不酗酒，连烟都不抽，他绝对不会去诈骗的。肯定是那个女人搞的鬼，她做这一行的，为了钱什么事都做得出来。

你晓得那个女人的名字吗？

姓张，叫张素芹，也是我们市里的人。都是知根知底的人，也难怪他爸生气，他一辈子爱面子，哪丢得起这个人！

杨少勇没跟你联系过吗？

我们少勇从小就孝顺，他后来打电话给我，说在四川做生意，叫我们不要记挂。去年年底的时候，我心脏病犯了，在医院住了一个多月，他还说要赶回来看我。哪晓得我等到现在都没等到，连过年他都没跟我们联系。不晓得那个女人又给他灌了什么迷魂汤。儿子大了，娶了媳妇忘了娘……

杨师母说着说着，眼泪就出来了。她说，做娘的，哪有不心疼儿子的。他爸再死板，也是面上的。天天晚上翻来覆去睡不着，还不是为了他！

贺明安慰杨师母说，其实杨少勇是不是涉嫌诈骗，我们目前还没有证据。也可能只是一般的债务纠纷。他如果和你们联系的话,你可以说服他到公安局来,把事情说清楚。我们会视情况秉公办理的,你们放心。

杨师母说,是啊,总比现在这样东躲西藏见不着人强。你们公安要是找到了他的话,也让他来看看我们,我们俩老人家,身体一天不如一天。都怪我们不好,要不是我们把他赶出去,也不会这样……

贺明说,你放心,我们会尽力的。

贺明走出小区门了,还看见杨师母站在路口,远远地目送着他。他想起她两鬓的斑白和苍老无助的眼神,不由有点心酸。

## 6

朱警长去找苏琴——哦,不,是去找张素芹时,带着满腹狐疑。张素芹是一个怎样的女人?朱警长出警那天见到的张素芹,皮肤干燥,神情略显呆滞,言语也不多,和小招口口声声念叨的能干的琴姐似乎不是一个人,也看不出她像杨师母描述的那样,是个久经风月场的颇具心机的妖媚女人。按照贺明反馈的情况,张素芹极有可能参与了诈骗,甚至是主谋。可为什么现在又是单身一人?而且还要隐姓埋名?

朱警长听贺明描述杨老师杨师母的情况时,心里也觉得挺不是滋味的。他记得刚入警时,他的师傅曾经说过:我们这些做警察的抓罪犯,别人只看到我们铁面无情的一面,其实,每办一个案子,每抓捕一名罪犯,对受害人来说,对罪犯的家属来说,都是一件功德,因为,我们帮受害人化解了冤屈,为罪犯的家属挽救了亲人。朱警长想,如果找回杨少勇,不论他是不是犯了罪，对杨老师杨师母来说，都算是一种安慰吧。

朱警长带着小周去找张素芹时已近黄昏，小县城的生活作息是跟着日头走的，太阳落山了，孩子放学，大人下班，正是回家做饭的时候，家家户户燃起炊烟。由于小招说的地址不详细，朱警长他们在周围四处打听，兜了半天才找到张素芹的租住房。

张素芹见到朱警长他们时，略显意外，但很快定住了神。

小周问，你还记得我们吗？

张素芹说，记得。你们是派出所的，昨天晚上到我店里去过。

小周说，你还有记性啊。我怕你得了健忘症，叫你去办暂住证你不去，十分钟前被人打劫了也不记得。

张素芹见小周凶巴巴的样子，并不慌乱，反而冷下脸来，自顾自地转身坐下，也不招呼朱警长他们。

小周正要发火，朱警长制止了他。张素芹的租住房里没什么家具，床边放着个行李箱，衣物就放在行李箱里，像是随时准备出门。电视没开，到做饭时间了，还是冷锅冷灶的，显得有点凄凉。朱警长看了看，说，你今天没有去派出所，我们就上门来走访一下，看看有什么需要我们帮助的。

张素芹的面前放了一张绣花用的绷子，她拿起针，低下头来绣花，什么也没说。

朱警长耐着性子说，有些人对公安不是很信任，被抢被盗了都不想报案，觉得多一事不如少一事，我们是理解的。尤其你是外地人，对我们派出所的工作不了解。我们主动上门，就是来打消你的顾虑的。

张素芹绣花的手法并不娴熟，她的头更低了，似乎想全神贯注把那一针绣好,别的都无暇他顾。

朱警长提高声调说,你从J市来我们这经商,去办暂住证是你的义务。张素芹,你晓得不?

张素芹拿针的手抖动了一下,那一针明显的绣歪了。

朱警长继续追问,杨少勇现在怎么样了?在哪里?在做什么?

张素芹一针下去,深深地扎在左手手指上,鲜血喷涌而出,一滴、又一滴,在绣花布上浸染开来,变成了古怪的紫红色。

朱警长不说话了,静静地看着她。

过了半天,张素芹才缓过神来,轻声说,我和杨少勇已经分手了,他的事情我真的不晓得。

朱警长问,你们在一起的时候,他做什么生意你知道吗?

好像是做建材吧。我不管他生意上的事情,他想做什么就做什么。

他跟一些什么人来往你知道吗?

一些生意上的朋友吧。在四川的时候他喜欢打打牌,经常晚上出去喝酒打牌,我也管不了他。

你们什么时候分手的?

去年。

去年什么时候?

我不记得了。

小周忍不住插话问,怎么分手的?他不要你了吧?语气中带着几分鄙夷。

张素芹扬起脸,目光忽然变得凌厉,瞪着小周说,不是的,你们根本不懂。少勇在这个世界上最喜欢的人就是我,他的心永远是属于我的。

朱警长和小周都不说话。

张素芹接着说，少勇说他第一眼看到我的时候，就喜欢上我了。那时候，他一有时间就来找我，他说我是最好的，天天腻在一起都不会厌。你们不信，你看我身上挂的这颗玉，就是他送给我的定情信物。他从自己脖子上取下来，给我戴上的，现在还有他身上的味道哩。

张素芹从衣服里掏出挂在脖子上的那颗玉，放在鼻子下面，闭上眼睛吸了口气，脸上浮现出奇怪的表情，似乎很陶醉很享受，又带着几分诡异。小周觉得身上的鸡皮疙瘩都起来了，打断她说，他还不是不要你了！

张素芹的声音变得有点烦躁，说，我说了他不会不要我的。是他家那对老不死的逼他离开我。他们装病，说是要死了，逼着他回去。少勇怎么会不要我呢？我对他这么好，他不想我开发廊，我就不开了，他要做生意，我给他钱，他要去四川，我跟着他去，我只要跟他在一起，做什么都愿意。他是晓得的，我对他这么好，都不能得到他，那还有谁能得到他呢？提到杨少勇，张素芹的声音又温柔了。

朱警长问，你现在和杨少勇还有联系吗？你知道他在哪里吗？

张素芹扭了扭身子，忽然眼泪就流出来了。她说，我也好想他啊，警官你做做好事，帮我找找他。我做错了什么事，我愿意改，只要他和我在一起……张素芹边哭边说，说到后面都泣不成声了。她抬起头，一双泪眼看着朱警官，说，警官，你一看就是个好人。你有没有听说过天梯的故事？

什么？

天梯啊，在深山里面，有6000多级，好高，真的到天上去了，可以看见蓝天白云。好多人说天梯是天上才有的，人世上找不到，我不信，你看我绣的花，我就是想把天梯绣出来，我绣了好几个月了，还没绣好。不过这不算什么，那个凿天梯的人，凿了半个世纪，五十多年啊，我好感动……

张素芹把绣绷取下来，伸到朱警官的面前，痴痴地望着朱警长说，你看啊，你看啊，你说我绣得好不好？

花绷都凑到朱警长的眼皮底下了，朱警长禁不住往后退了退。小周上前拦住了张素芹。

朱警长说，你冷静一下。明天到所里来吧，办下暂住证，我们再找你了解点情况。

张素芹不置可否。

朱警长和小周只好告辞出门。小周都有点被她弄懵了。出门后，小周说，这女人看上去蛮可怜的，被人抛弃了，受了刺激，有点神经兮兮了。

朱警长想了想，说，不见得，也许只是在做戏。

## 7

晚上全所加班开展统一行动，清查出租房屋。朱警长带着小周，还有所里的内勤小李一个组。小李刚从学校毕业，没见过什么大阵势。一路上很兴奋，唠唠叨叨地说个不停。

小周开车，朱警长坐在副驾上，一直没搭话，皱着眉头，心事重重的样子。小周知道他还放不下白天的事。闷了半天，朱警长忽然冲着小李问，你知道天梯是什么意思吗？

小李很茫然，TNT？你说什么？

朱警长说，不是TNT，是天梯，在深山里面的。

哦，我知道，你说那个天梯啊，很有名的，是一个爱情故事，在网络上热了好长时间了。是说上个世纪五十年代的时候，重庆那边的一个村子里，有一个20岁的小伙子，爱上了村里的一个大他十岁的寡妇，村子里的人闲言碎语，容不下他们。他们就私奔到了与世隔绝的深山老林里，在那里过着刀耕火种的原始生活，一过就是半个多世纪。为了让爱人出行安全，那老头一辈子都忙着在悬崖峭壁上凿石梯，总共凿了6000多级，网友们都说那是“爱情天梯”。

小周说，怎么可能啊？是网友编出来的吧？

小李说，是真的。前几年，有个户外探险队去那一带的原始森林探险，才发现了他们。他们见到探险队员时，竟然问“毛主席他老人家身体还好吗？”

小周说，那真是与世隔绝了？那女人长得好漂亮啊？

小李笑了，说，你们男人怎么就喜欢漂亮女人啊。他们这么大年纪了，又长年在山里，哪看得出漂亮不漂亮。不过那老头对老太特别好，什么重活都不让她干，连洗脚水都给她打。记者去采访他们，他们请记者吃饭喝酒，喝了酒老头老太牵着手一起唱山歌，唱什么“百般美味都不想，只想握手到天亮”，让人好感动哦。

小周说，你们女孩子就是容易感动。告诉你，这样的事只有50年前的人会做，现在的人做什么事都是为了利，什么女人不好找，哪个会去跟一个比自己大十岁的寡妇私奔？父母不要了？工作不要了？好日子不过了？脑子有问题！

朱警长听着听着，忽然觉得豁然开朗。为什么张素芹单身一人而且隐姓埋名？为什么张素芹说杨少勇抛弃了她，杨少勇的父母又说他为了张素芹一去不回？为什么所有的人都找不到杨少勇？为什么杨少勇就像人间蒸发了一样？难道仅仅是因为他诈骗之后逃跑吗？以他的经济条件和生活环境诈骗20来万的货款值得吗？……一直在朱警长心里纠缠不清的许多疑点终于找到了一个合理的出口，就像是在黑暗的迷宫中摸索良久，终于看见了一丝光亮。那光亮让朱警长兴奋不已。他迫不及待地喊，快！快！掉头！到张素芹家去！

小周没反应过来，他本能地急刹车，说，不行，这里是单行线，不能掉头，交警会罚款的。

朱警长急得要喊出来了，不管他，赶紧掉头！到张素芹家去，不然来不及了！

小周一把转过方向盘，逆向而行，看见后边那辆车的司机伸出头来，冲着他们咒骂了一声。

## 8

小招晚上约了男朋友，早早地就盼着琴姐过来。谁知，左等右等，比平时约定的时间晚了半个小时，琴姐还没来。小招有点急了，打电话去问。

琴姐的声音有气无力，她冷冷地说，你自己关门走吧。我要出去进点货，可能要十天半个月的。

小招问，我们不都是别人送货上门吗？你去哪儿呀？

你别管。我今天晚上就要走。你自己把店里的生意照顾好，没事不要烦我。

小招还想问什么，那头已经把电话挂了。

张素芹挂了电话，颓然坐下。她知道她的这个“琴姐”已经扮演不下去了。她一天没吃东西了，却不觉得饿，只是累，特别累，像虚脱了一样。她靠在椅背上，迷迷糊糊睡着了。

梦里，她又见到了杨少勇。

他们在乡下租了个农家小院，一起过周末。少勇一个月前就说要分手，她不肯。少勇总是心不在焉，欲言又止。她知道少勇在想什么，她觉得这事该做个了断。

少勇拉着她的手说，对不起，我也不想跟你分手。我是没办法。

素芹不明白为什么少勇刚才还要她要得那么疯狂，现在又可以说这么绝情的话。她问少勇，你刚刚不是还说爱我吗？

少勇叹口气说，就算我爱你，我还是不能和你在一起啊。你晓得我妈妈发心脏病了，她是被我气病的。你要理解我。他们就我一个儿子，我不回家，他们就活不下去了。

那我跟你一起回家。

你晓得不行的。

为什么不行？

他们不会接纳你。而且……

而且什么？

有个阿姨给我介绍了一个对象，也是个老师。他们想我去见面。我也很烦啊，不过他们毕竟是我的父母，他们也是为我好。

张素芹不再说什么,只是抱着少勇,亲他,抚摸他。她说,你睡一觉吧。醒了就好了,不用烦了。

少勇在她的抚摸下睡着了,醒来时闻到一阵香气。床头放着一碗鲜美的鸡汤,他饥肠辘辘,跳下床,稀里哗啦喝个精光。

她坐在床头,静静地看着他,眼神非常伤感。

少勇不免也有点难过,他说,你对我真好。我开公司没钱,你把积蓄都给了我。我刚做完一单大业务,钱都打到你的银行卡上了。以后你拿着这些钱好好过日子吧。唉,你本来是可以做一个好老婆的。你放心,不管我以后去了哪里,我还会回来找你的。

少勇这么说着,觉得头晕晕的,又闭上眼睛,躺在她怀里沉沉睡去。

她一言未发,打来一盆清水,缓缓地为少勇擦洗着身子,眼眉、耳朵、嘴巴、手脚、身子,一点一点,擦得干干净净。然后,为少勇穿上衣服,从里到外,一件件地穿,不慌不忙。

那个晚上,她静静地坐在床边,守了一夜。房间里有一盏昏暗的灯,照着她,照着少勇——永远只属于她一个人的少勇。

她握着少勇的手,感觉到他的身体慢慢地变硬,慢慢地变冷。她想,原来就那么一包化在鸡汤里无色无味的东西,乡下的集镇上随处可以买到的粉末,有这么大的威力。可以让少勇永远和她在一起,再也没有人能抢走他了!

第二天一早,天蒙蒙亮时,她从少勇身上取下那颗佩玉,挂在自己身上。那颗玉好像刚从千年冰窖里拿出来,冷得彻骨。她在梦里都禁不住打了个寒战。

她取出事先准备好的大号编织袋,把少勇的尸体装进去。然后,到村口找了个挑夫，把编织袋挑上了山。哪怕是在梦里，她也清楚地记得那个清晨，记得那个地方。是在一棵松树下，面对着一个开阔的山谷，山顶上有白云在飘浮。打发走挑夫后，她挖了个坑，把编织袋埋了。

她站在树下，有风吹过。她抬起头，朝天上看，真的看到了天梯，一级一级通到云里面去了。她迈开脚，想登上去，一脚踩空了，猝然从梦里面惊醒。

醒来看见一片狼藉，屋里不知什么时候进了一只野猫，行李箱里的衣服散落一地，厨房里的瓶瓶罐罐摔碎了，绣绷倒了，还没绣完的花布也被抓破了。

她费了半天工夫，好不容易把那只野猫赶出房间。那猫跳上阳台的护栏，忽然停下来，转过身，朝素芹深深地看了一眼。绿幽幽的猫眼闪着寒光，像一把冰刀似的，让她觉得凉飕飕的。她又想起少勇说过：你放心，不管我以后去了哪里，我还会回来找你的。

她怔住了，一种不祥的预感慢慢袭来。

## 9

一到张素芹家楼下，小周的车还没停稳，朱警长就打开车门，冲了出去。在楼道口，他迎面碰见正走下楼的张素芹。张素芹看见朱警长，那张原本就惨白的脸愈发白了，白得没有一点血色，仿佛已经被死亡的阴霾所笼罩。她又想起了那只野猫那双绿幽幽的充满了诡异的眼睛。

# 彼岸花

## 1

日暮时分，夕阳透过茂密的梧桐树的枝叶星星点点地洒下来，微风吹过，带来初夏的凉爽。我光着脚坐在沙发上，扬起脸，悠闲地看着外面的街道。

阿玉说，天姐，你在店里就是不一样，今天又多赚了几千块。

我笑问，有什么不一样？钱进了门，你张开小手接着就是了。

阿玉的嘴像抹了蜂蜜，她说，姐姐你人长得美，瓷器又画得美，你坐在这儿，就是最好的招牌，那些老板自然掏钱也爽快。

我不说话。阿玉不明白，我画每一件作品时，心里想的都是艺术，我耗费心力夜不能寐，只希望我的情感可以在那些线条和色彩中优美地流淌。每当我看到那些大腹便便的客商像拎着一篓虾蟹似的拎着我的瓷瓶，用不屑的表情讨价还价的时候，心里就不舒服。

当然，所有的艺术都需要物质基础。当年扬州之所以能出“八怪”，也多亏了有一大批富甲一方的盐商聚集。偏偏是那些不懂艺术的人，愿意花钱供养我的艺术。我能有什么办法？没有几个艺术家愿意做梵高，生前潦倒，死后哀荣。我早就学会了向物质妥协，只是外表故作清高而已。

不像阿玉，她数钞票的时候最是兴高采烈。曾有记者采访台湾卖水果的小贩,问他支持蓝营还是绿营,他扬一扬手中的钞票说,支持红的——台币和人民币都是红色的。阿玉就是这样,她天生一颗“红”心,而且毫不掩饰。这也是她的好处,俗气,偏偏俗得理直气壮,一点都不做作。

我常笑她,你小小年纪,就这么势利,小心嫁不出去。

她答,那更要多赚点钱,免得将来沦落街头。

人家二十出头小姑娘,大多还只会一边舔冰激凌,一边拖着男朋友的手撒娇,没见过像她这么犀利的。阿玉是我从一家酒店里“拣”来的。那天,我和朋友去一家新开的酒店吃饭,邻桌的几个丑男大概是喝多了,正在大声呵斥推销啤酒的小姑娘,还有人放肆地在小姑娘身上捏来捏去。那小姑娘一边小声地解释,一边红着脸躲闪。我看着不忍,临走时给她留了个地址。我说,你要愿意的话,来找我吧,好好的小姑娘,别糟蹋了自己。

那时,我的“天静阁”刚开张,正需要人手。阿玉没让我失望,她虽然年轻,也不懂陶瓷,然而天生一双水灵灵的妙目,又聪明乖巧,很快就能把店里的事情打点好了。这些年,我身体不是很好,不能过度劳累,不然,就会头痛,手指会控制不住的痉挛。有了阿玉帮忙,我便乐得清闲,常常待在工作室,或者在街上闲逛。我喜欢画画,不喜欢数钱。有人说,特别有钱的人才有资格不在乎钱。我例外。我是天生懵懂,有钱没钱都一样。

十八岁之前,我连正式的名字都没有,大家都叫我小妹。我的父母在乡下种了一辈子田,他们觉得女孩子是稻田里的稗草,一不留神就自己长大了,而且长大了也没什么用。稗草是不需要名字的,除了像我这样渴望像花朵一样盛开的稗草。十八岁那年,我来这座城市的一所知名学院学习陶瓷美术时,给了自己一个名字——任天真,取自李商隐咏荷花的诗:“惟有绿荷红菡萏,卷舒开合任天真。”

那时候，我多年轻啊。我的心是透明的，像一颗水晶，阳光照过来的时候，会折射出缤纷的七色光芒。

小宝就是我青春岁月中的阳光。

青春苦短，有的人，日子浑浑噩噩，过了也就过了，有的人，遇到错误的对象，寂寞的时候相互取暖，却一次次地灼伤自己，痛到没有知觉。我是幸运的。因为，在蒙昧初开的时候，我遇到了小宝。

我相信，喜不喜欢一个人，看第一眼就会知道。这是人性的密码。

我第一次见到小宝，是在开学不久系里的一次联欢会上，联欢会快结束时，音乐声响起，非常优美的旋律。那时候，我家只有一台旧录音机，几盘过时的卡带，从来没有听过这么好听的音乐。我正傻傻地坐着时，被同寝室的几个女生恶作剧地推到了台中央，我拿着麦克风，勉强发出第一个声音，台下就传来了一阵哄笑。我尴尬至极。这时候，我看见了小宝，他从喧闹的人群中出现，走上台，接过我手中的麦克风。当他那富有磁性的声音伴随着音乐声响起，全场瞬间就安静了。

后来我知道，那首歌，是蔡琴的《你的眼神》：

像一阵细雨，洒落我心底

那感觉如此神秘

我不禁抬起头看着你

而你并不露痕迹

虽然不言不语

叫人难忘记

**那是你的眼神**

**明亮又美丽**

**哦……有情天地**

**我满心欢喜**

小宝高大健康，皮肤白皙，眉目俊朗清秀，有着柔软的略微带点卷曲的黑发，笑的时候，会有一种孩子气的顽劣和不羁。这样的阳光男孩，不只是我，很多女生见了，都会觉得满心欢喜。

可是，他说，我喜欢你。我长到十八岁，第一次听到有人说喜欢我。而且，他这么好。

我觉得自己真是拣到宝了。我说，以后我就叫你小宝，好不好？

那时候的我，短发，圆脸，双颊有着瘦不下来的婴儿肥和两个幼稚的小酒窝，穿着花衬衫白裙子和平底的绣花布鞋，最奢侈的饰物就是奶奶留给我的一只祖母绿的玉镯。当我抱着一沓书走在校园，穿行在美术系那些时尚前卫的女生中时，那种平凡的感觉几乎要将我淹没。

我曾经痴痴地看着小宝问，你为什么喜欢我？

小宝牵着我的手去看夏夜的星空，天蓝如水，月亮绵软柔和，星星或明或暗晶莹闪烁。他说，看着这样的星空，我就想，天真美，我怎么会不喜欢呢？

那一刻，我感动得要死，眼泪都要出来了。我使劲握住他的手，不敢松开。我怕我一松手，他的话就会在风中飘散。

之后的岁月中，有很多人说过喜欢我，在不同的场合，用不同的语调，然而，我再也没有过那种最初的感动。女人的心底总会有某种贪恋，如果只是钻石香车名牌皮包倒好了，难的是感觉，这般折磨人的东西，说又不能说，忘又不能忘。

有时候,阿玉问我,天姐,你有没有喜欢的人?

有啊,我掰着指头算,古天乐、周杰伦,还有莱昂纳多·迪卡普里奥。

不是的,我是说身边的人,比如陈老师、崔大哥他们,又有学问,又体面,都很好啊。

小妮子动了春心了,你喜欢哪个,明天我帮你去说。

阿玉就红着脸笑。

其实,我的心里一遍一遍唤着小宝的名字,再也没有哪个名字,可以交织着这么多甜美的记忆,让我每唤一遍,都觉得唇齿留香。只是,这是一个复杂的故事,阿玉不会明白。她需要简单的欢乐。比如现在我说,收拾收拾,我带你出去吃饭。她立刻欢天喜地地梳头发抹口红去了。

## 2

晚上美术圈里的朋友约吃饭,说是有位南京来的陶瓷收藏家,想见见大家。美术圈有自己的生态,收藏的、评论的、抬轿的、捧场的、拆台的、攻击的,关系错综复杂。像我这样的年轻女子,只要不是太蠢笨,终归不会成为食物链的最后一环。我再懒散,圈子里的活动还是要参加的。我常常会带上阿玉,虽然她对艺术一窍不通,然而,艺术家也好,收藏家也罢,只要是男人,从二十岁到七十岁,都会欢迎她那张青春的俏脸。

我和阿玉准点到,一看,主客未到,大家闲散地坐着,有的喝茶聊天,有的在打扑克。我问牵头的老李,今天来的是什么人啊,这么大架子,让大家等?

老李笑笑说，天天，你别着急，今天来的这位范先生可是位儒商，长得好又有风度，不会让你白等。

哦，他也喜欢陶瓷?

是啊，他早些年做生意，这两年花了很多精力在陶瓷收藏上，业余时间自己还做做陶艺。

我不以为然地撇撇嘴。这年头，会捏泥巴的人都以为自己是陶艺家，捏出个四不像来就说是抽象派。

老李答，仓廪足而知礼节，太平盛世吗，没有这些附庸风雅的人，你哪能过得这么悠闲舒适。你不晓得我们年轻那会儿，是从苦日子过来的。

是是是，我赶紧收兵。老李年轻时的故事，我已经听过N遍了。

我从酒店的书报架上抽了本时尚杂志，一个人找个角落坐下来。

约莫过了半个钟头，客人到了，门口一阵响动，大家纷纷起立迎接。我依旧盘腿坐着，头都没抬。直到听到老李介绍我，感觉到有个人走过来，高大的身影挡住了光线，我才直起身，抬头——那一眼，惊得我差点从椅子上跌下来。

小宝?!

你好，我叫范思哲。

我回过神来。定睛再看，真的很像小宝，肤色、眉目、身材都很接近，不过他比小宝成熟多了。

席间气氛很热闹，宾主之间推杯换盏，寒暄客套，他很自然就成了中心。他却始终气定神闲，说得少，听得多，偶尔插话，也是简练得体。

然而，他侧过脸，微微蹙着眉的神态，真是像极了小宝。我忽然有一种强烈的想要卖弄自己的欲望。

先是套近乎。我说，南京是六朝古都，夫子庙外，秦淮河畔，古往今来留下了很多风流佳话。

有人跟着捧场，说，范先生就是南京城的风流人物，天天你赶紧敬酒啊！

喝酒不是我的强项。只好曲折地恭维说，艺术不是难在技巧，而是难在境界，光有技巧，没有境界，充其量算是工匠而已，有经历有心胸的人玩艺术就是不一样，云卷云舒，气象万千，就好比刘邦写《大风歌》——“大风起兮云飞扬，威加海内兮归故乡”，多少文采斐然的才子也写不出这样的气势。

这样的说辞连我自己都觉肉麻兮兮，可他只是微笑着看着我，神色平和。别人说话时，他也是这样。

我在心里叹息，这样的男人，内心稳定而强大，像是有一根定海神针，任你惊涛骇浪，兀自不露声色。我这点小伎俩，不过是孩子气的游戏罢了。

老李说，天天是我们圈子里的才女，科班出身，作品也有思想，范先生你有时间，不妨去她的“天静阁”看看。

我意兴索然，淡淡地说，其实，做女人的最高境界是佳人，不是才女。

怎样才算是佳人呢？

古诗里说：北方有佳人，绝世人独立。一顾倾人城，再顾倾人国。

哎呀，那不就是红颜祸水吗！阿玉尖叫。

大家哄笑。所有那些充满了距离感的仰慕的眼神都变成了肆意的调侃。阿玉睁着一双无辜的眼睛看着我，我忍不住捏她那粉嫩的俏脸。她真是个可爱的活宝，有她在，保管笑场。

在笑声之中，我感觉到有一双眼睛没有笑，他默默地看着我，那么温和，让人心动。

散场时，一群人簇拥着他。我独自落在后面，却看见他撇下众人，在等我。我走上前，听见他轻轻地说，我明天去北京，过几天回来，我会去“天静阁”找你。夜幕深沉，我看不清他的眼神，只觉得心花怒放，云开雾散。

那些天，我天天去“天静阁”，从早守到晚。一个星期过去了，半个月过去了，人影都没有等到。

早在十年前，失去小宝时，我就知道，人生不能太圆满。太圆满了，上天就会夺走一部分，而且往往是你至爱的那一部分。做人就是这样，光鲜的外表之后，内心有一个巨大的缺口，在寂静的深夜，如果你打开它，它会无情地吸取你所有的光芒和热度。

我常常会想念小宝，想念那些与他有关的青春的欢乐和甜蜜。我不知道，这种近乎沉迷的思念，是加深了我的寂寞，还是抚慰了我的寂寞。但我知道，所有的沉迷都是有毒的，物也好，情也罢，越是芳香的，越有致命的杀伤力。

小宝说，我会给你很多很多的爱。在那些两个人一起吃一碗牛肉面、一起咬一个苹果、一起舔一根冰激凌的日子里，我相信，爱是世界上最伟大的分享。

后来，慢慢地，我才知道，最美的风景，是在彼岸。生活的彼岸，世俗的彼岸，情感的彼岸，灵魂的彼岸。佛说，彼岸，无生无死，无苦无悲，无欲无求，是个忘记一切悲苦的极乐世界。

小宝曾经送我一只他亲手做的陶瓷挂坠，白得像玉一般的椭圆形瓷面上，雕刻着一朵红得耀眼的花朵，花瓣像祈祷的手掌一般向着天空盛开。这种花，超出三界之外，不在五行之中，生于弱水彼岸，无茎无叶，绚烂绯红，名叫彼岸花。

小宝说，此岸的彼端的是彼岸，彼岸的此端是此岸，只要两个相爱的人在一起，此岸和彼岸，又有什么分别呢？他说，秋分时节，在云南的大理和丽江，野外、山脚、水边，会有大片大片盛开的彼岸花，远远看上去，就像是铺了一层红色的地毯。他说，将来有一天，我陪你去看。

后来，花开的季节，我在网上下载了很多图片，一个人隔着屏幕默默地看着那片凝固的血一般的绯红。我一直不敢独自去云南。生命中有一种情感，是要藏起来的，越深越好。

属于我的彼岸花，是关于青春和爱的隐喻。我把它画在瓷板上，就挂在“天静阁”展厅的一角。

阿玉曾问，天姐，你画的这是什么花啊？很多客人都说好看，却没有人看得懂。

我答，看不懂没关系，这画是不卖的。看懂了也不卖。

小宝送的彼岸花瓷坠，我用一根红丝线穿起来，挂在胸口，让它时时听见我心跳的声音。爱一个人，是一种能力。我早已不是当年那个会在篮球场的看台上冲着自己心爱的男孩吹口哨的小姑娘了，没有人懂得，又有什么关系？

一个月后的某一天，我一个人在外面闲逛，阿玉打电话给我，说，天姐，我终于知道你画的那么美丽的花是什么花了——彼岸花，好美的名字！

我的心里“咯噔”一下，竟有一种出其不意的惶惑和慌乱。

你怎么知道？

今天有客人过来，他知道这种花，他说你画得很好，是用心画的。

是谁？

你认识的，就是那位范先生，上次一起吃过饭的。

他还说什么？

他说，想买这块瓷板，多少钱都没关系。我说这块瓷板你不卖。他就留了个电话，让你去找他。

我停下脚步，站在路边。身旁不时地有车辆迅疾地驶过，汽车的喇叭声、商店里传出来的音乐声、人来人往的嘈杂声，交织在一起，响成一片。我仰起头，眯着眼睛看天，只见白日荒荒，万里无云。

彼岸花，是我的宿命。

3

那天晚上，我和思哲相约在一家茶楼见面。这次思哲没有迟到，我到时，他已经在等我。他穿着干净的浅色棉布衬衫，戴着款式简洁的TUDOR手表，还像上次见面那样，不太说话，却有一种让人心安的镇定。

他给我沏茶，神情专注，动作轻巧而娴熟。茶楼的灯光柔和昏濛，洒在他俊朗的脸庞上，勾勒出优美的弧线。空气中静静地流淌着乐曲声。我突兀地说了句，勃拉姆斯。

他抬起来，很奇怪地看着我。

我说，这音乐，是勃拉姆斯的曲子。

他说，我知道，是勃拉姆斯的小提琴协奏曲。我只是奇怪，现在的年经女孩，很少听古典音乐，能在三分钟之内说出曲作者的并不多。

我只是喜欢一边画画一边听音乐，音乐和美术是相通的。

难怪你的作品很灵动，似乎有音符在跳跃。

我笑一笑。又想起小宝，对古典音乐的喜爱，小宝是我的启蒙老师。

思哲把沏好的茶递给我。他说，我相信缘分，人和人交往，就像这杯茶，这样的清香，要留给懂得品味的人。我第一眼见到你，就有一种似曾相识的感觉，好像很多年前就在哪里见过。

我怔怔地看着他，说不出话来。

他问，你不信？

不是。

那怎么呆呆的不说话？

你把我想说的话都说完了。

思哲也笑了。有时候，默契应该是一个动词，是心与心之间的互动。两颗安静的灵魂，无声地伸出触角，试探、摸索、交集……

茶楼离宾馆不远。出来后，我们沿着一条绿树掩映的小径，慢慢地走回去。满月当空，清风徐来。思哲停下脚步，转身看着我。我胸前的彼岸花瓷坠，挂在白色连衣裙外，显得格外触目。

他问，你这么喜欢彼岸花，其中一定有故事吧？

我答，是。

可以告诉我吗？

不可以。

他笑一笑，像安慰一个受伤的孩子般，伸出手，抚摸我的长发。这些年，我的头发留长了，圆脸变尖了，凝着眸看人时，眼神中总是有几分疑问和不屑。他俯下身，吻我的眼睛。我闭上眼睛，却看见了火一般盛开的花朵。

我深深吸一口气，再吸一口，又闻到了那种久违的令人迷醉的气息。

小宝?! 我迷迷糊糊地喊。

思哲温柔地吻住我的唇。

这是我们第二次见面，然而，我觉得自己熟悉他的每一寸肌肤。有时候，时间并不是问题。有经历的人，心中会有一只百宝箱，如果你有钥匙，就可以在第一时间开启。

之后很长一段时间，思哲都留在我们这里。起初，我去宾馆找他。后来，他干脆来我家。我那原本空荡荡的大房间，逐渐被他的物品、他的气息所占领，剃须刀、男士洁面霜、大拖鞋、衬衫、领带……他是个讲究的人，对生活细节也是一丝不苟。我们两个人日日伴在房里，就像胡兰成说他和张爱玲在一起时，“男的废了耕，女的废了织”，相看两不厌，连出去游玩的心思都没有。

有时候，我只穿着他那件宽大的衬衫，在房间里晃来晃去，或是枕在他的腿上，跟他说话。我给他读乐府里的《子夜歌》：“夜长不得眠，转侧听更鼓。无故欢相逢，使侬肝肠苦。欢从何处来，端然有忧色。三唤不一应，有何比松柏？”思哲听了，赞一声好，他说，像你这么端然的女子，有了欢，又有了忧，便显得格外的动人。

我仰起头，看见他的眼睛里闪烁着点点星光。为什么女人有了忧伤才会更动人呢？我问。

忧伤是一种沉淀过了的情感，它让女人的心思更曲折更婉转。

你真的懂我的忧伤吗？

我不懂，我更希望给你欢乐。因为你是我见过的最让我心动的女人。

那你会不会永远喜欢我？一直到很老很老的时候。

他不答，只是把头埋在我的怀里，说，我的心中有一只猛虎细嗅着蔷薇。我知道这是英国诗人Siegfried Sassoon的诗句，没想到被他用得这么煽情。

我轻拍他的脸，恨恨地说，蔷薇有刺，你小心一点。

他便取纸研墨，仿“扬州八怪”之一罗聘的画，画了一支带刺的蔷薇，上题金农的名言：“莫轻摘，上有刺，伤人手，不可治，从来花面毒如此。”他说，蔷薇带刺，好比梨花带雨，烈酒灼喉，妙就妙在这刺上，扎在指尖，微微刺痛，心里反见得甜蜜。

我佯装生气，说，我什么时候刺痛你了？算了，懒得理你。我要去画画，那么多订单搁在那里，再不交货，下个月就没饭吃了。

他从身后抱着我，说，不画画没关系，我养你。

那你给我买新衣服、漂亮皮包，还有大钻石戒指……

好，只要你喜欢。

爱情的欢乐可以让一个物质的女人变得理想化，也可以让一个理想化的女人变得物质。让自己喜欢的人养一辈子，有什么不好？

只是，思哲说养我，并没有说期限。一辈子，多么漫长的事情。像他这样成功且成熟的男人，背后一定有故事，色彩斑斓、翻江倒海也说不定。首先是家庭，有妻子，有儿女，还有，他经常在不同的城市飞来飞去，又怎知不会在不同的女人身边停留？我都不知道，我会是几分之一，或者，几十分之一？这些事情，思哲避而不谈，我也不问。我只想抓住他，享受这一刻。因为，他的容貌、他的气息、他望着我时那种宠溺的表情，都是那么的熟悉。光阴静止，轮回不息，或许，宇宙间真的会有某种形式的不灭的永恒？

有一次，思哲突然问我，小宝是谁？

我怔住了，毫无防备，答不上话来。

他说，你总是在梦里喊一个名字，开始我还以为是叫我，仔细听了几次，才知道是“小宝”。

我心虚地笑。我说,我只是习惯了把自己喜欢的人叫做小宝。

哦,是这样。那等我八十岁了,你还叫我小宝?有没有老掉牙的小宝?

八十岁?我想,这算不算是承诺?

对承诺的需索和依赖,是女人的通病。女人总是在小事上精明,算盘子拨得咣当响,遇到一个“情”字,立马昏天黑地,飞沙走石,辨不清东西南北。也不想想,多少白纸黑字、言之凿凿的东西,都可以不作数,情浓时的卿卿我我,又有几句可以当真?相伴是一回事,白头又是另一回事。

像我和思哲,这样的好日子,不过是借来的欢乐,迟早要还,而且连本带息。

那天晚上,我闲着没事,靠在沙发上翻画册。电话响了,是个外地的号码,我当是客户打来的,顺手按下接听键。听筒里传来一个冰冷的中年女人的声音。

她说,我是范思哲的妻子。听说你也是个读过书的人,怎么这么不要脸,不知道自尊自重呢?做什么事不好,要去做狐狸精,破坏别人的家庭?我告诉你,他玩过的女人多了,别看他现在对你好,将来玩腻了,扔你就像是扔一双破鞋一样,你一分钱都不要想……

她声音不大,一字一句,说得清晰缓慢,却句句刻毒,步步紧逼,让我惊慌失措,没有还手之力。

我求救地望着思哲。他一看我的神色,就猜到了七八分,却避开我的视线,转过身去一言不发。这么强大的一个男人,这一刻却显出懦弱和委顿。他的妻子,比他更强势。他们的婚姻生活,想必早已是波涛暗涌。

深夜，躺在床上，思哲轻声说，我是真心喜欢你。你不要着急，给我一点时间。我会给你想要的答案。

我终于知道事情的严重性，他从来没有说过喜欢我，第一次说，却是这般郑重的承诺。难怪他的妻子会千里迢迢打电话过来"追杀"。

我觉得心中郁积着的情绪快要决堤了。我一句话不说，扑在他身上，使劲地掐他、咬他，看着他身上泛起淤青……直到精疲力竭，我困得不行，翻个身，便沉沉地睡去。

梦中，我又回到了从前。

小宝牵着我的手，找到一家乡镇的小诊所。是一个大雨滂沱的黄昏，我们坐了几个小时的火车，疲惫不堪。我的裙摆被雨水打湿了，冰凉冰凉的，贴在大腿上。

我仰面躺在手术台上，手术台的床单上有几块没有洗干净的污渍，房间里有一股酸涩的腥味，地上扔着几个沾着血迹的棉团。我看见医生举起一把闪着寒光的钳子，伸入我的体内……

晚上，我们住在车站边的一家小旅馆。我在发烧，身体滚烫，头痛得快要裂开了。我止不住地瑟瑟发抖，我紧紧握住小宝的手。我说，我好痛，我会死。

快毕业了，小宝的妈妈不让我们在一起。他们家是个体面的大家庭，在她的眼里，我不过是个想攀高枝的乡下丫头。

小宝说，今生不能在一起，还有来世。

可是，像彼岸花这样，花生叶落，叶现花枯，花叶永不相见。情不为因果，缘注定生死。即使有来世，我又上哪儿去找你？

小宝说，我们一起把今生走完，转世的时候，你记得牵住我的手，你愿意吗?

我愿意。

我们约定,三天后的清晨,在校园外的小河边见面……

后来呢? 后来呢?

我的记忆有一段空白。每次到这里,我的梦境就会被一团深重的浓雾所包围,我跌跌撞撞地往前走,脚下一滑,掉入了深渊。

我惊醒过来,一身虚汗,口干舌燥。我的头又开始痛了。

那一年的夏天特别的闷热。思哲见我郁郁寡欢,便说,出去散散心吧,别老是闷在家里。

正好有朋友约我们去郊外的一条小河游泳,那里的水流干净清冽,河滩平缓,是个天然的浴场。夏天,很多人开车过去,非常的热闹。

我不会游泳,便带了本小说,坐在河滩上看书。思哲在水里玩得很开心,不时露出头来,朝我招手。

问题出在那个飞盘上。一群孩子在河滩上玩飞盘,不小心扔偏了,飞盘高速旋转着朝我飞来,不偏不倚,正好砸在我的头上。

我痛得睁不开眼睛,迷迷糊糊间又看见了小宝。他站在水中央,朝我招手。他说,说好了一起的,你怎么丢下我,一个人走了? 没有了你,我一个人多么孤单。

我头痛得快要裂开了。我喃喃地说,对不起,小宝,我不是故意丢下你的。你等着我,我很快就来了。我一步一步朝水里走去。河水漫过了我的膝盖。河水漫过了我的胸膛。我站不稳了,整个人都要浮起来了。我拼命伸出手去,想要抓住小宝的手。

我的瘾病又犯了。

4

我在医院的那些天，思哲常常来看我。有时一个人，有时带着阿玉，阿玉定期给我送来换洗的衣物。我渐渐恢复，一天一天地好起来。

那天下午，思哲像往常一样陪着我。病房里很安静，窗外传来悦耳的蝉鸣，还有微风吹过树叶的沙沙声。他坐在床边，很耐心地削着一只苹果。我生病之后，他对我更体贴了，原来他从来不屑于做这一类琐事。

他带了几本书过来，我随手抽出一本，看一看，是去年的旧杂志。

我说，你把去年的旧杂志带来干吗？这种时尚杂志，过了期，就没什么可读性了。

他说，我也是在一个朋友那里拿来的，反正你闲着没事，解解闷吧。

我随手翻着，翻到其中一篇人物专访时，我顿住了，怔怔地呆了半晌，突然尖叫起来。我两只手乱抓，把那一页撕下来，揉成一团，用尽全力扔得远远的。思哲俯过身来，想要安慰我。我拼命推开他，他猝不及防，水果刀划过他的手掌，鲜血涌出来，一滴一滴，滴在那只削了一半的苹果上，像是盛开的花朵。

我冲着他喊，你走开！我恨你！

医生进来了，把他强行拉了出去。

夜半时分，镇静剂的药效过去了，我醒过来，脑海中一片茫然。

我起床，旋亮床头的台灯。我把废纸篓里的垃圾全部倒出来，找到了那页被揉成一团的“人物专访”。我坐在冰冷的水泥地上，小心翼翼地把那张纸缓缓铺开，一个字一个字地读。

郑国强，省城某局年轻的局长，才华横溢，前途无量。他的太太出身书香门第，知书达理，温柔端庄，是他的贤内助。他们夫妻恩爱，生活幸福。旁边还配了照片——略微发福的中年人，两张平庸的脸，对着镜头职业化地微笑。

郑国强，就是我的小宝！我伸出手，轻轻抚摸着照片上他那张经历了岁月的脸。

在那个寂静得瘆人的深夜，我的记忆终于变得清晰——那天清晨，没有赴约的人不是我，而是小宝。他被他的母亲反锁在家里。那天，我一个人一步一步朝水中走去。河水漫过了我的膝盖。河水漫过了我的胸膛。我站在水中央，喃喃地说，说好了一起的，你怎么丢下我，一个人走了？没有了你，我一个人多么孤单……

我的癔病就是那时落下的病根。我不记得是怎样被人救上岸的。自那以后，我的记忆就出现了一段空白，像是有一个深不见底的黑洞，无情地吞噬着我。

我开始想念思哲，他点一根烟，坐在我家露台的摇椅上，笑望着我；我从身后抱着他，下巴搁在他的肩膀上，轻轻地咬他的脖子……也许，他是对的，是我伤害了他。如果他再来，我要向他道歉。他这样的男人，值得我用真心去爱。

半个月之后，我可以出院了。思哲却一直没露面，只有阿玉来接我。她脸色红润，神清气爽，出落得更漂亮了。

阿玉说，天姐，我给你炖了人参乌骨鸡汤，你多喝点，补补身子 。她把汤盛在碗里，端到我手上。

我不由心生感动，我说，这些天你一个人忙里忙外，辛苦你了。我出去之后，会给你加薪水。

她看着我喝完汤，放下碗，又说，天姐，你的头发又干又黄，我帮你梳梳头吧。

她手中的梳子一下一下，轻轻划在我的头皮上。

她说，你这次出院后，可能要另外请人了。思哲哥也开了一家陶瓷精品店，你知道他这个人，哪有时间管店里的事，又不精明，来了朋友，就把好东西拿来送人。天姐你对我这么好，我也舍不得你，但是没办法，思哲哥那边没有我不行。

我满腹狐疑，什么时候，她口中的范先生变成了思哲哥？仔细看她，果然看出了变化，烫成黄色的蓬松的卷发染黑了、拉直了，妆容浅淡，手里拎着的包居然是正版的LV，没有某个有品位的男人的塑造，她不可能有这样的改变。

被骂狐狸精的是我，吃唐僧肉的是她，现在的年轻女孩子，多厉害！即使没有阿玉，还会有阿金、阿银、阿红、阿绿，我根本不是对手。

我推开她，冷冷地说，你走吧，以后不要来了。我再也不想看到你，还有你的思哲哥。

她还在絮叨，脸上有几分藏不住的自得。她说，我们也是为你好，你精神这么差，只怕以后你自己都管不了自己……

我抓起桌上的水杯，狠狠地朝她摔过去。

滚！我喊道。

相传，很多年以前，有两个很相爱的人。男的早逝，他跌跌撞撞地来到奈何桥，喝下忘情汤前，他对孟婆说，为何天下诸般，最后这汤独要人忘情？我偏不忘，轮回后，我还要去找我的爱人。

二十年后，女子也来到奈何桥，她问孟婆，以前是不是有个男子告诉你，他不会忘记我，一定会回来找我？孟婆点点头。女子心疼非常，哽咽道，那为何他不回来找我？孟婆说，再过二十年，答案来临那一刻，我答应让你看看。只是这之前你无法转世，要在这里受苦二十年，你愿意吗？女子说，我愿意，不看见那个答案，我放不下对他的爱，即使投胎转世，也要心痛一世。

于是，孟婆便安排她在三途河边给彼岸花锄草。其实，本无草可锄，但是女子的眼里满岸是草，锄了又生，永远锄不完，就这么日复一日，年复一年。

又过了二十年，孟婆把她带到轮回门前，说，你站在这儿看着，你等了二十年的人，要来了。女子激动得站都站不住了。终于他走过来了，孟婆把忘情水递给他，他拿起就要喝，女子急了，说，你忘了你说的话吗？男子看了她一眼，把碗里的水一饮而尽，接着走进了轮回门。

孟婆看着失魂落魄的女子，说，爱情是什么？不过一碗水罢了。你也喝了吧。能不能忘掉不是你说了算的，有今生，没来世，纵然你记得，他若忘了，跟真的忘记又有什么不同？

我最后一天去“天静阁”，老李过来帮忙。他叫了人来，帮我把那些陶瓷作品打包，寄放在他的工作室。店面转让的事宜，也一并交由他办理。我平日里对身边的人情甚是疏淡，落魄至此，却还是他们毫无计较地伸出援手。

整理就绪后，我们坐下来喝茶。

老李问，你打算去哪儿？

我答，云南大理，或者丽江。

会去多久？

不知道，至少一年吧，到明年秋天。

秋天是彼岸花盛开的季节，我会一个人在那里，看着漫山遍野的花朵盛开，然后凋零。

他说，天天，你家在外地，身边没一个亲人，我们大家都很关心你，把你当成自家的小妹一样。你是一个有天分的女孩，只是，有一些事情，不要太过执著。

是，我明白。经过这些事之后，我想通了很多。我会照顾好自己的。

老李看着我的脸，似乎很小心地选择着措辞。他说，思哲也是考虑了很久，心病还需心药医，他希望你跟过去做一个彻底的了断，不要继续折磨自己。没想到你反应这么激烈。他也很难过。有一次，他喝醉了，问我你会不会原谅他。这么一个大男人，这个样子……

他还要我原谅干什么？他不是过得很好吗？

那种情况下，你知道的。他是个男人，心情不好，阿玉又缠着他。依我看，他和阿玉不会长久的。他真心喜欢的人是你。如果他回来找你……

不要给他我的电话，也不要告诉他我去了哪里。

深秋已至，门前的梧桐树正在落叶。昔日的浓荫已变得枯黄，一片，又一片，纷纷扬扬地在半空中飞舞，只剩下干枯得快要裂开的树干，固执地伸向广漠的苍穹。

爱情是什么？不过一碗水罢了。纵然我记得，他若忘了，跟真的忘记又有什么不同？

小宝年轻俊朗，像阳光；思哲沉稳包容，像深潭。两种类型，我都喜欢，然而，这也是大多数女人喜欢的。大家都喜欢的，必有争夺，没来由我就可以霸占。小时候，我把阳光装在透明的玻璃瓶中带回家，以为可以照亮所有的黑夜;长大了,我又奋不顾身地跳入深潭,却忘了自己根本不会游泳。天真不是错。天真是生活中的一根刺,尖锥朝内,每一针都扎向胸口,不见血,却痛至钻心。

我站在无边的叶雨中,泪水纷纷落下。

夜幕缓缓降临,树木、街道、车辆、行人越来越模糊,影影绰绰的,只留下黑暗中的轮廓。凉风吹过,寒气袭人。远处依稀传来音乐声,是王菲的歌:

看见的熄灭了

消失的记住了

我站在海角天涯

听见土壤萌芽

等待昙花再开

把芬芳留给年华……

# 墨梅图

我不知道有多少人像我这样，常常在梦中回到童年。我的梦境像一条幽暗的窄长的甬道，没有色彩，模糊不清，两面有着斑驳的长满青苔的砖墙，间或夹杂着一些奇怪的场景。有时候，是在清晨的迷雾中，试图摸索着穿越窄窄的没有尽头的里弄；有时候，是在冬日的午后，搬张小竹椅，坐在院子里，暖暖的阳光晒着后背；有时候，是在雨声淅沥的春天的黄昏，我独自靠在潮湿的木门框上，望着屋檐上滴落的雨水发呆。这些梦境是如此的真实而突兀，常常让我惊醒之后，错愕良久，才知道是一场梦，知道已经醒来，再也不会回到过去。是那种被梦魇住了的感觉，就像一个患了失心疯的孩子，无辜而茫然。

梦境中这样久久的没有尽头的穿行，让我的睡眠比清醒更让人疲倦。我常常夜半时分醒来，躺在黑暗中，固执地睁着眼睛，不想入睡。有时候，窗台上有月光，温柔地抚摸着我的视线，让我渐渐平静。我起床，穿着睡衣披散着长发穿过厅堂，给自己倒一杯冰水，空腹喝下。那种孤独的冰凉的感觉，让我觉得自己像一个游魂，或者，是有一个游魂寄居在我的身体里,让我身不由己。

朋友建议我去看心理医生,他说应该相信科学,心理上的抑郁可能是源于生理上某种元素的匮乏,可以通过药物去治疗或缓解。我很矛盾。与那些让人心力交瘁的摸索和寻觅相比,我更害怕跌入一无所有的混沌。混沌的睡眠未必好得过唐突的梦境。

我并不为此惊慌。梦境和童年,存活在记忆的最深处。或许,在每个人的记忆深处,都有着某些关于童年的记忆,是缠绕一生,让人寤寐难忘的。我就曾经听身边的朋友提起过。有的是在村子里的池塘边玩耍时不小心掉入水里,呛得快喘不过气来后才被大人从水里湿漉漉地拎上来;有的是闲着没事在大街上看那些大孩子招惹疯子,等到疯子发怒了,却比那帮大孩子迟半拍逃跑,无辜地被疯子追得满大街狂奔;还有的是无意中目睹车祸,眼睁睁看着鲜活的生命血淋淋地倒下。让他们记忆深刻的事件总是充满了慌张、忙乱、惊险,乃至恐怖和血腥。然而,他们说起那些记忆时,却是平淡的,甚至是开心的玩笑似的。他们的成长已经足够让他们去消化这些记忆。不像我,我的记忆是平淡的,却常常困扰着我,让我在梦中徒然地寻找。

不如遗忘吧,我常常对自己说。或者,可以选择叙述。有时候,叙述是情绪的出口,也是遗忘的途径,当你开始叙述,你也就开始遗忘了。你一遍又一遍地叙述,记忆就一次又一次地面目全非。你不断地打开紧闭的记忆之门,往事就会不断褪色,不断虚化,最后变成缭绕的轻烟,和生命一起消散。

于是,我在许多个猝然惊醒无法安眠的深夜,打开电脑,面对黑暗中闪烁的荧屏,轻轻敲击着键盘。有时候,我写得断断续续,有时候,我写得零零乱乱。我不着急。写作不是我的目的,遗忘才是。

## 1

我们居住的这座城市，有点特别。说它古老，却看不到多少历史的痕迹，街道两旁不过是速生的法国梧桐和千篇一律的方格楼房；说它年轻，却有着两千多年的历史，享有千年之前宋代皇帝御赐的地名，凭借精绝的制瓷工艺积淀了辉煌的文化和荣耀。说它深厚，却不过只是一代又一代市井草民的生息之地，街头巷口常见赤膊的汉子或是穿着睡衣的主妇招摇而过；说它肤浅，却不露痕迹地深藏着传统经典的艺术气息，或许某天你在茶馆偶遇的一位老者就是国家级艺术大师。说它开放，却不过只是中部地区一块三面环山的弹丸之地，从来都算不上战略要地或交通枢纽；说它封闭，却是自古以来的商贸集散地，素以“草鞋码头”著称，千百年来接纳和滋养着来自周边县市乃至五湖四海的移民者和淘金者。还有别的，诸如悠闲和忙碌、贫穷和富庶、精致和粗犷之类相互矛盾的词汇，都可以用来形容这座城市，这些相互矛盾的特性共同造就了这座城市特殊的魅力。

这些话，是我的祖父告诉我的。他说，一个人有自己的命运，一座城市也有自己的命运。与一座城市的兴衰沉浮相比，个人的命运是极其渺小的。祖父二十七岁那年，领着小脚的祖母和年幼的子女，从福建北部的一个小山村辗转迁徙至此。祖父是位中医，这座城市人口密度高，谁家都有个头痛脑热的，中医是一个收入不错也受人尊敬的职业。他凭借他的医术和人品立足于此并渐渐扎根，一家人生息繁衍，到我这一代，生于此，长于此，内心已经认同这座城市就是自己的故乡。

南方的城市，大多依水而建，因水而兴。我们这儿也是，一条碧绿的江水自北向南穿城而过，江的东边是老城区，也是热闹繁华所在。沿江一条笔直的柏油马路，马路的另一边，是一条又一条窄而直的里弄，里弄两边，是红砖青瓦的平房，一户连着一户，挤挤挨挨地住满了人家。祖父的家就在其中。是一个独立的院落，漆成朱红色的厚重的木门，院墙边立着一排青青的翠竹，院子里栽种着茶花、美人蕉之类家常的花卉，红花绿叶，生机蓬勃。穿过院子，才是住家，厅堂中央一方小小的天井，天井顶上是透明的玻璃瓦，天晴的时候日光可以照进来，下雨的时候雨水滴滴答答。两边的房间，用板壁隔开，住了三户人家。祖父家在中间，边上两户，一户姓韩，一户姓兰，也是跟随老乡从周边县市迁徙过来的，在国营瓷厂的流水线上做挑坯、烧窑之类的体力活，都是安分守己的人家。

这寻常的里弄拥挤的院落，承载了我的童年记忆，也成为如今我梦魇深重的根源。

我姓林，名晓清。拂晓的晓，清水的清。我的名字是祖父取的。据说我出生的时候，是一个雾蒙蒙的初春的早晨，东方未晞，空气清凉，祖父站在窗前，看见院墙边一排葱翠的青竹，竹叶上滚动着清清的露珠。他心有所感，便为我取名晓清。拂晓的露珠，稍纵即逝，渺小卑微。

小时候的我，安静而乖巧，留着齐耳的短发，一身干干净净的布衣，小小年纪就懂得看大人的脸色。当别人家的孩子还拖着鼻涕在外面玩泥巴的时候，我已经有了一种天然的骄矜，爱干净，不吵闹，不喜欢与人争执。祖父很早就教我识字。有时候，跟着他一起晒草药，他一边教我识草药，一边拿出处方笺，用毛笔在上面写下草药的名称，然后教我照着写，我用颤抖着的小手握着毛笔，横竖撇捺地涂抹着。在阳光正好的院子中，空气中飘拂着淡淡的草药香，闻着那香味，用墨在纸上写下一些很美好的名字，百合，川芎，当归，菖蒲……或许，对于一个懵懂的小女孩来说，这更像是个好玩的游戏，就跟玩布娃娃、过家家差不多。祖父却给了我太高的期望，他认为以我的聪明乖巧完全可以去完成他未竟的人生理想。他希望我学画。

五岁那年，一个夏日的午后，没有一丝风，闷热让人们懒散疲乏，平日喧嚣的弄堂变得非常安静，只听见蝉鸣，一声又一声。祖父带我到他的书房，然后把门关上，拴好。那是一个背阳的阴凉的房间，里面很暗，屋角点着一支檀香，空气中有一丝诡异的腐朽的气息。祖父打开壁橱，搬出一个长形的上了锁的樟木箱，拿出一幅发黄的卷轴，小心翼翼地一点一点缓缓展开。画的是梅花。枝条茂密，前后错落，枝头缀满繁密的花朵，正侧偃仰，千姿百态，或含苞欲放，或绽瓣盛开，或残英点点。并未着色，然而用墨的浓疏深淡分明让人感到花的五色纷呈，大红、粉红、淡黄，犹如万斛玉珠撒落在银枝上。这一树梅花，仿佛有了生命一般，就像一个长年幽闭的精灵被释放出来，一股清寒之气扑面而来，并迅速弥漫，占领了整个房间。我呆呆地看着，不知道为什么，忽然打了一个寒噤。在那个闷热的夏日的午后，年幼的我分明感觉到寒冷，不是凉爽，而是寒冷，彻骨的寒冷。

那幅画，就是《墨梅图》。它是有来历的。祖父说，“文革”的时候，有一位下放到我们这里的北京画家，因患肺病慕名来找祖父问诊，他非常赞赏祖父的医术和人品，祖父也非常钦佩他的学问和才华，俩人相见恨晚惺惺相惜，一来二往渐成莫逆之交。他流落异乡孤身一人，便把祖父家当成自己的家一样，闲暇的时候常常过来，和祖父一起喝酒聊天，或是逗几个小孩子玩，祖母也把他当成自家人，对他的饮食起居格外关照。几年后，他的病情日益严重，弥留之际，祖父母一直陪在他的身边，把他当亲人一样照顾。临终时，他把这幅《墨梅图》送给祖父。他说这是明末清初一位名家的真迹，是他家祖传的，他非常珍爱，因此一直带在身边。他说，这古画流落辗转数百年，几易其主，他一生坎坷命运多舛，相对这古画的历史来说，也不过是个匆匆过客。把画留给祖父，不是想图个纪念，只因祖父是个有缘人。

祖父说，古画是有生命的。数百年间，时空轮转，世事更迭，有无数双不同的手触摸过它，有无数个不同的灵魂争夺过它，它见证了太多的繁华和衰败、疾病和战乱、贪婪和欲望，它已经有了自己的意志，潜伏在不为人知的命运深处。收藏它的人，只是暂时的保管者，不是占有者。然而，这暂时的保管，亦是难得的机缘。

祖父说，他希望在他百年之后，把《墨梅图》传给我。

## 2

之后很长一段时间里，我对寒冷都有一种莫名的恐惧。有时候，清早出门，吹了一阵凉风，回家就开始咳嗽，或是晚上睡觉蹬了被子，第二天一早起床就会流鼻涕，还有身体中那个多余的扁桃体，动不动就红肿发炎，痛得连咽水都难受。我的童年，始终被这些断断续续没完没了的感冒发烧所缠绕，祖父也拿我毫无办法。

六岁那年，请了位老师教我画画。老师姓张，五十多岁，在一家国营瓷厂的美研室工作，擅长工笔花鸟。老师每星期来我家一次，教我画一些简单的花鸟蔬菜，南瓜、白菜、葫芦，然后是牡丹、梅花、松树。教学方法很简单，他取一张宣纸，寥寥数笔，一挥而就，然后让我照样临摹。起笔落笔，露锋藏锋，点染皴擦，全靠自己领悟。我坐在厅堂的一张小方桌边，日光透过天井的玻璃瓦照过来，厅堂里是明亮而温暖的，我却常常觉得冷，越画越冷，一双小手冰凉。墨香让我觉得头晕，我常常完不成老师布置的作业。

或许，是因为我的孱弱多病，祖父对我格外迁就。祖父是个明达的人。他说，凡事都要讲个缘字，不可强求，如高山流水一般，顺其自然，方可水到渠成。祖父说得对，我是那个无缘的人。不过，另有两人，是有缘的，对于书画，她们有着天然的悟性。一个是我的表姐，姓苏名文君，是我姑姑的女儿，比我大九岁。一个是邻居兰家的孙女，名叫兰欣，与我同岁。她们俩，是我幼年最亲密的玩伴。我学画时，她们常常站在一旁，静静地看着，不说话，神情专注，细心揣摩。老师喜欢她们的勤勉和灵气，也常常耐心指点，如此日积月累，渐成气候，就好比那春天的柳枝，无心栽种，却蔚然成荫。我学画三年，她们跟着看了三年。那段不经意的学习经历，影响了她们的一生。

那时候，文君表姐在读初中，在学校是班干部，不仅学习成绩名列前茅，还是运动场上的健将，曾经拿过校运动会的百米冠军。她身材高挑，扎着两个羊角辫，一双丹凤眼，白衬衫蓝裤子，朴素的衣着遮盖不了她刚刚开始发育的青春气息。表姐家离祖父家很近，就隔着一条弄堂，走路过来，十分钟就到了。她常常过来，帮祖父做家务，拖地板，做饭，洗衣服，还帮我补习功课。在感情上，我从小就对文君很依赖，可以说，我是在对她的依赖中长大的。

兰欣总是羡慕我，有一个好姐姐。兰欣是独女，她的爸爸妈妈是同事，在同一家瓷厂工作。她妈妈年轻的时候很漂亮，是单位里的一枝花。我小时候总觉得她妈妈和别人不一样，头发用发油抹得亮亮的，然后一丝不乱地别致地盘在脑后，额前的刘海用发卷小心地卷过，身上有一种好闻的香味，从来不会像弄堂里别的女人那样穿着睡衣出门,夏天的时候,会在衬衫的前襟上别一串茉莉花或是几朵玉兰花。兰欣的妈妈是那个贫乏的年代中难得一见的精致女人,虽然没读过什么书,但对美有着一种天然的向往。兰欣的名字就是她取的。兰心蕙质,这是她所能想象得到的最美好的词汇。或许是名字取得好,兰欣从小就聪明灵慧。弄堂里的孩子一起玩踢毽子跳皮筋,我过不了关,总是兰欣带着我玩。弄堂里的人都知道,我们两个,是形影不离的死党。

弄堂里的生活,人情味很浓。同一个院子的住户,厨房和厅堂是共用的,谁家昨天来了个什么人,谁家今天吃什么菜,大家都一清二楚。做了好吃的,会特意盛出一碗来分给邻居,家里有事,邻居也都会过来帮忙。夏天的傍晚,天还没黑,大家就会用大盆的清水把院子里被太阳烤得冒烟的地面浇透,等天黑了,水干了,院子里也凉爽了,各家就会搬出竹床、摇椅之类的到院子里纳凉。大人们摇着蒲扇说闲话,小孩子扎推做游戏。我总是和兰欣挤在一张旧竹床上,要么窃窃私语,要么打打闹闹,有时候,比赛数星星,虽然从未数清过。

院子里还有一户人家姓韩,韩家婆婆很喜欢我们,会给我们讲故事。她家有三个儿子,都比我们大十多岁,跟我们是玩不到一起的。他们三个,总是闷着头进进出出,很少和大家说话,不过听说在外面个个都很顽劣。韩家的二儿子,名叫建平,他喜欢文君。文君初中毕业后,读了陶瓷职业技术学校,专攻陶瓷美术。她是那种有理想有追求的人,到哪里都会出类拔萃。建平高中毕业后在一家瓷厂的成型车间做装胚工,既不高大帅气,又没有出众的才华,不过是个愣头小伙子,下巴上几根硬茬茬的小胡子,脸上长着青春痘,见到异性说话都会脸红。这样的人,文君是看不上。

文君在学校有一个男朋友,是班上的同学。他文质彬彬温文有礼,不张扬,不毛糙，很受女同学的青睐。有一次，学校举办学生书画比赛，他得了一等奖。画的布局很特别，前面是荷花，映日盛开，后面是山，山上林木枝叶繁茂。赛后他把这幅画送给文君。他说，这幅画的立意取自诗经——“山有扶苏，隰有荷华”，文君姓苏，他姓何，他是低处真挚的荷华，文君是山顶参天的扶苏，她的繁密，他的仰望，日光之下，情意和谐。文君一下子就被打动了。毕业后，俩人都分配在市里一家陶瓷研究所，天天同进同出，好得如胶似漆。两家人挑了个好日子，就把婚事办了。参加婚礼的人都对新郎新娘赞不绝口，郎才女貌，琴瑟和弦，堪称完美。我和兰欣是送嫁的伴娘。兰欣对文君羡慕得不得了，恨不得把自己一起嫁出去。

兰欣比我早熟。在我还是很单薄的时候，兰欣已经出落得很漂亮。她的妈妈似乎有意想隐藏她外表的美丽，总是给她穿旧衣服，颜色混沌不清，松松垮垮，像个布袋似的套在身上。可是，青春的美丽，是藏不住的。黑亮又有光泽的长发很随意地扎起来，蜜色的肌肤如缎子般紧致光滑，一双水汪汪的桃花眼，身体已经有了玲珑的曲线，这样的豆蔻年华，怎么样都是可以的。不自知，反而更动人。

我到很迟才明白，与文君的优秀和兰欣的美丽相比，我是平庸的。我相貌平平，毫无作为。上天似乎没有给我额外的礼物。不过，祖父说，我并不是平庸，我只是性情温和。他说，人生在世，各人有各人的福气。上天给了你这一样，就会拿走另外一样。每个人都有自己的定数。有一些东西，如果承载不了，就不要强求。否则，得到了，也会失去。甚至，会失去更多。

在我十六岁那年，祖父去世。他把房产和积蓄留给了我，把《墨梅图》留给了文君。

## 3

文君从此与梅花结缘。她像梅花一样，不畏严寒，傲雪怒放。结婚五年，女儿三岁了，小家庭本来和和美美，姐夫却有了外遇。自古才子多情，何况像姐夫这样风度翩翩年轻有为的艺术家。他和一个女学生好上了，圈子里的朋友都知道，只有文君蒙在鼓里。不知道是谁主动，也许是姐夫对平凡琐碎的家庭生活有了审美疲劳，也许是那个年轻的女学生太热情了，她爱姐夫这个人，顺便爱上了附属于姐夫的其他一些东西，比如事业、名誉、地位。她执意闹上门来，想登堂入室光明正大地占有姐夫的一切。文君颜面扫地，却倔强地隐忍，不吵不闹，也不诉苦。姐夫其实是不想离婚的，他只是男人的一时兴起，就好像春天来了出门踏青寻花，逛完了还是要回家的，并不想担当。他一再请求文君原谅，赌咒发誓，声泪俱下。朋友们也跟着劝，都说算了吧，好好的一个家，散了可惜。

后来，文君跟我说，两千多年前，汉代的时候，有一位和她同名的富家女子，为了爱情与司马相如离家私奔。彼时，夫君穷困，生活无着，她当垆卖酒，不离不弃，谁料夫君荣华之后，却嫌弃她年老色衰，想在京城纳茂陵女为妾。她愁肠百转，作诗《白头吟》——“凄凄复凄凄，嫁娶不须啼。愿得一心人，白头不相离。”文君说，两千多年过去了，天下女人的愿望还是没有变，不过是想要个一心之人白头不离。只是，离心离德心生龃龉的白头，要了又有何用？

文君离家时很平静，也很决绝。只带走简单的衣物，净身出门。单位也不想呆了，伤心之地，还要受人闲言碎语。她请了长假出来。二十八岁的离异女子，没有工作，没有积蓄，没有爱情，只剩下手中的一支画笔。她在近郊的一户农民家里租了一间房，吃、住兼工作室都在那里。她是很活络的，了解市场的需求，作品很受欢迎。尤其擅长画梅花。她画的梅花，繁花密枝，勾瓣点蕊简洁洒脱，深得古人清韵，常有外地客商慕名上门求画。两年之后，有了积蓄，她便在郊外买了一块地，篱笆围起的院墙，西边挖个小池塘，塘里养几条锦鲤，东边用青竹搭一排农舍，餐饮、茶室、还有专门的画室，屋内陈设古朴简单，墙上却挂着圈内不少名家的字画。池塘和农舍之间，一条青石板铺就的小路，曲折相连。院子的空地上，前后错落，种着十几株梅树，夏秋干枝苍劲，冬春暗香浮动。文君给它取名梅园。那时候，梅园是我们这里最火爆的餐饮休闲场所，天天客满。

物质上独立之后，文君才找到心理上的平衡，可以置身事外，冷眼看着那个曾经伤害过她的男人在不同的女人之间兜兜转转。文君自己也有个情人，是个没结过婚的小伙子，小她七岁，从外地来我们这学画的。文君很喜欢他，但从未带他回家。因为长辈们都不赞成，街坊邻居也议论纷纷。只有我理解她。我说，生活是自己的，只要自己觉得幸福就好。旁人说什么，不用在乎。

至于我自己，则一直乏善可陈。我不知道自己是性情温和还是鲁钝，当外界发生变化时，我总比别人迟半拍觉悟。或许，与社会的洪流相比，我们都是渺小的，随波逐流，现世安稳，不过只是庸庸碌碌的匆忙一生而已。

祖父去世后，我考取了本地一所中专学校，学习档案管理。毕业后，分配在市图书馆当资料员。这份工作很适合我，琐细，干净，有规律，不需要与外界交流。很长一段时间里，我很少说话，因为我不擅长，也不需要说话。不说话的时候，我慢慢地像昆虫一样长出了一对触角，只是，我把这对触角藏起来了，藏在心里。它那么纤巧，那么敏锐，那么轻盈。它是我内心的秘密，给了我那么多不为人知的欢欣。所以，我总是这么骄傲而又谦逊地静默着，像一株阳光下努力向上伸展着枝丫的树,像一尾深海里一天到晚游泳的彩色的鱼,像一只细雨中躲藏在洞穴里悠闲地爬行着的昆虫,在不起眼的地方,在安静的角落,我踩着不变的节奏,安静地生活。

我搬出了那个院子,住在单位的集体宿舍。那套房子,一直空在那里,也没有出租。家具、物品都没动过,一切保留原样,房间里还有祖父生前的气息,这样,如果祖父的灵魂深夜回来,就不会走错地方。有时候,我会回去看看,打开窗户通通风,打扫一下灰尘,或者,安静地坐一坐。我成年之后,身体渐渐强壮,不再受疾病困扰,却要独自面对生活的风雨,彷徨之时想起祖父对我的迁就和疼爱,心里就酸酸的,有悲伤,也有温暖。

隔壁韩家也搬出去了。他家的二儿子,就是那个当年文君不会正眼瞧一下的愣头小子,早几年就请了长假从厂里出来。一开始,没本钱没门路,没资历没文凭,摆地摊,跑长途,贩小商品,吃苦受累,什么都干过。后来,结交了一帮社会上的朋友,称兄道弟,据说和他们一起盗挖瓷片发了家。建平聪明,积累了原始资金后,很快就收了手,改走正道,在城郊买地建厂,生产建筑陶瓷,生意越做越大,便在新城区买了几套房,把家里人都接出去了。有了钱之后,邻居们都说他有本事。在市井百姓的茶余饭后,暴发并不是贬义词,而是人人都羡慕的。因为,人们越来越鲜明地感受到贫富的悬殊和物质的压力。那几年,国营瓷厂相继倒闭,弄堂里的住户,很多都是两代人在同一家瓷厂工作的,瓷厂倒闭,就意味着一家人下岗,生活的艰难,可想而知。弄堂里的生活,毕竟是简陋的,日照通风不好,卫生条件也差,厕所都是公用的。随着城市的变迁,条件好一点的,都搬出去了。留下来的,都是没有能力离开的。

兰欣一家就留在那里。兰欣的祖母已去世,祖父退休在家,领着一份微薄的退休工资,爸爸妈妈在同一家瓷厂工作,双双下岗。她爸爸没什么技术,年纪也大了,再找工作也不容易,试过几次,都做不长。屡次碰壁之后,挫败感越来越强,干脆不做事了,天天和一帮闲人蹲在弄堂口的梧桐树下打牌,越赌越大,赢了钱就去路边的小酒馆喝酒,输了钱回家就发脾气,家人说他几句,就拳脚相向。兰欣的祖父是个老实人,管不了他,只能整天唉声叹气。兰欣的妈妈,这个当年整条弄堂最精致的女人,这个曾经像花一样散发着芳香洁净的气息的女人,为了生活,洗尽铅华,在弄堂口摆了个早点摊,连间门面都没有,就在路边架个炉子,摆几张桌椅,下雨天,就挤在别人的屋檐下。每天天不亮就起床,搬东西,架炉子,生火,煮粥,没有人帮她,她一个人忙碌。逆境中的女人,往往比男人更坚强。兰欣是她唯一的希望。兰欣也学画,并以优异的成绩考取了我们这里陶瓷学院的美术系。对于普通人家的孩子来说,学美术是一件很奢侈的事情,笔墨颜料、拜师求学、出去采风,处处需要钱。这些开支,都要兰欣的妈妈一元一角地积攒,一碗粥多少钱,一碗面条多少钱,这样的辛苦钱,多不容易。

说起这些事,兰欣就会流眼泪。她说,我的妈妈,人好,可惜命不好。都是为了我,让她这么辛苦。真希望自己像文君那样有本事,赚很多很多钱,就可以把妈妈接出来,让她过好日子。说这些话时,我们就在文君的梅园,搬了两把竹椅,坐在梅树下晒太阳。正是梅花盛开的季节,空气中漂浮着淡淡的梅花的清香。兰欣侧身坐着,像雕像一般凝神不动,在梅花的映衬下显得那么美丽,长长的睫毛上挂着晶莹的泪珠,红润的嘴唇倔强地抿着。我对她说,有钱当然好,金钱本身并不是个坏东西,然而,对金钱的需索和欲望却是个陷阱,你千万别掉进去。

我记得那天,兰欣身后那一树梅花盛开,像精灵一般,在阳光下忘情地舞蹈。那神秘的舞蹈，迷了我们的眼，让年轻的我们无法预知人生的陷阱，其实，不仅仅是金钱，所有的需索和欲望，不都是陷阱吗？

## 4

当兰欣拿着妈妈东拼西凑的学费准备去大学报到的时候，祖父却病倒了。这个沉默寡言的老人，一直强忍着身体的病痛，到了实在挨不下去了，送到医院时，已是癌症晚期。晚期也是要治的，化疗一个疗程要几千元，动手术的话手术费要几万元，进了医院，床位费、护理费、医药费，处处需要钱。在医院待了五天后，兰欣的祖父提出想回家住一个晚上。一家人郑重其事地把他接回家。祖父那天表现得很平静，在弄堂里的剃头师傅那里理发刮胡子，回家洗了个澡，换了身干净衣服，晚饭后站在院门口和隔壁的邻居闲聊了一会儿，就进屋早早地睡下了。第二天一早，天刚蒙蒙亮，他就起床了，还帮着兰欣的妈妈搬东西收拾早点摊，然后说，想去江边走走，就出门了。他沿着江边一直走，走上大桥，爬上栏杆，然后，纵身一跃，跳了下去。我实在是无法用多余的语言去描绘那一幕，这么悲哀的一件事情，无论我怎么描绘，都是对生命的亵渎。

兰欣就是被这件事击垮的。如果说，最初她对金钱的欲望还带着一点少女的虚荣，那么此后，她几乎是怀着刻骨的仇恨想要去占有金钱，唾弃金钱。

那些天，她天天在江边游荡，从早到晚，天一亮就去，夜深了还不走。夏天的夜晚，江边是很热闹的。有搂抱在一起亲热的情侣，有悠闲地散步的夫妇，还有打牌的，唱戏的，无所事事的人们都来江边消磨漫长的闷热的夜晚。没有人关心兰欣。她一个人坐在堤岸上，呆呆地望着缓缓流淌着的江水。江水静默无语，波澜不惊。夜色深沉，凉风习习，似乎有一层雾气正在弥漫开来，不知是江面起了雾，还是兰欣的眼花了。她拼命地睁着眼睛，想看清这黯淡无光的江面。她希望看见那个她熟悉的人，站在江面上朝她招手，就像小时候那样，在她哭闹的时候给她买一支棉花糖，白白的，蓬松的，像一团棉花一样，舔一口，甜丝丝的。当所有的记忆都被这种甜丝丝的感觉浸染之后，现实就变得无比苦涩。兰欣已没有眼泪。她觉得自己掉进了一个深潭，一直在往下沉，快喘不过气来了。她急于抓住点什么，一块石头，一根树枝，哪怕是一团空气也好。

那天晚上，有一个人，一个中年男人，走到了她的身边。他慢慢地朝她走过来，试探性地靠近她，然后，在她身边坐下来，他说，这几天他开车路过江边，总是看到她，一个人在江边孤独地走来走去，一个这么美丽的年轻女孩子，孤身坐在江边，这样很不安全。他说，这几个晚上，他都站在她的附近，万一有什么事，他可以及时赶过来帮她。他还说，他愿意照顾兰欣，学费、生活费，都不是问题，他还给可以给兰欣买房、买车、买最漂亮的衣服和首饰，他说像兰欣这么好的女孩，本来就应该过上最好的生活。兰欣转过头，面无表情地看了他一眼，一句都没说，站起身，朝前走去。他跟着兰欣朝前走，走到他那辆黑色的小车前，他赶紧打开车门。她坐进去，靠在椅背上，忽然觉得无比倦怠。车窗外，汽笛车、嬉闹声、卡拉OK房的唱歌声，尖利刺耳，响成一片。可是，在那一刻，兰欣什么都听不到了，她的内心，一片死寂。

我忘了说，那个男人，就是韩建平，那个暴发的有家室的有过好几个情人的比兰欣大十七岁的曾经是我们邻居的男人。所有的人都不理解。兰欣这么年轻，这么美丽，这么聪慧，只要熬过这几年，就可以独立了，像大多数人那样，工作，恋爱，结婚，生子，可以有安稳幸福的生活。只要稍微清醒一点，或者再多一点耐心,兰欣就会有很多种更好的选择,可是,她偏偏选了最差的那个。兰欣的妈妈,为此大病一场,这个爱面子的女人,在很长一段时间里,几乎不敢出门,总担心街坊邻居们在背后指指点点。兰欣给她的钱,她一分都不要,送来的东西,也不收,一定要留下,她就当垃圾扔掉。

我也不理解兰欣,尤其是她为什么要选择建平,那个近在咫尺知根知底的男人,让所有的秘密都变成恶毒的流言蜚语。兰欣说,不是她选择了建平,而是命运选择了建平,那个时候,不论谁来到她的身边,她都会跟他走。

金钱对兰欣来说,不再是问题。建平在学校附近的一个高档小区为她租了一套精装修的公寓,她什么都不要带,只要住进去,建平给她买最漂亮的衣服,最昂贵的首饰,最高档的化妆品,带她去最奢侈的饭店、酒吧、美容馆,只要兰欣需要,他都可以满足她。你见过有人溺爱自己的宠物吗?天天抱在怀里,给它喂食,给它洗澡,给它穿衣服,什么都给它最好的,你能说那不是爱吗?在同学眼里,兰欣像个公主,漂亮,冷漠,一身名牌,独来独往。他们不知道,她只是一个像宠物一样被豢养着的"公主"。

与文君谈起这些事,文君并不觉得惊诧。她说,时代变了,这样的年轻女孩子越来越多,她们愿意出卖自己的青春和肉体,来换取不劳而获的奢侈生活。不过,兰欣有点特别,她还有灵魂,她不会出卖自己的灵魂,也卖不出去。文君和我们不一样,她什么都经历过了,欺骗、背叛、虚伪、暗算,不过至少在经历了这一切之后,她还是一个相信爱的女人,是一个追求幸福的女人。不像兰欣,她不快乐,也不悲戚,没有目标,没有好奇,只有麻木和空虚。

这座城市越来越拥挤,可是,文君和兰欣,这两个我最亲密的姐妹,却离我越来越远。之后一段时间,我和她们很少联系。她们俩都很忙,文君忙着赚钱,兰欣忙着花钱。而我，我也有自己的生活，我恋爱了。

爱情是一件很奇妙的事情。开始的时候，你并不确切地知道自己想要什么，可是，当他出现在你的面前，你一见到他，仿佛就被定住了一般，惊动，欢喜，就像与久别的亲人重逢，内心只觉得无比亲近，无比妥帖。我和子涵就是这样，初见便如重逢般欢喜。

在我们这儿，市中心有一个休闲广场，图书馆就在广场边上。那年冬天，每天中午，暖阳高照的时候，我就会带本书，坐在广场的花台边，一边晒太阳，一边读书。子涵也常常会去，夹着个画板，坐在广场的台阶上写生。我第一眼看到子涵，就觉得心里欢喜。他高大，帅气，有一双像阳光般温暖的眼睛，穿着浅色的棉布衬衫、灰色的毛衣、旧旧的牛仔裤，画画的时候，神情专注而温和。有一天，他走过来，跟我说话，我都呆住了，几乎不知道他在说什么。后来，子涵告诉我，他早就注意到我了，直直的黑色的披肩长发，穿着白毛衣和黑红格子呢裙，安安静静的，总是捧着一本书，他给我画了很多张速写。他说，那天他鼓起勇气走过来找我搭讪，居然看见我脸红了，真是意外。他说，他认识的女孩或者女人，不是太世故，就是太张扬，像我这样会害羞的女孩，实在是不多见了。那一刻，他告诉自己，这个女孩，就是他想要的！

子涵是外地人，在我们这儿一所专科学校毕业后，就留下来了。他在城郊租了一套房子，每天写生、画画，作品寄放在朋友那里出售，物质条件并不好。可是，和他在一起，我觉得内心安宁。我从来没有想过要轰轰烈烈或是富贵荣华，我只是想做一个平凡的女人，和自己爱的人在一起，清早起床洗衣做饭，晚上从梦中醒来侧过身就可以抱着他，闻到他的气息。我相信，好的爱情就是这样，两个人的关系越来越质朴，让爱中的那个女人，心思简单，欲念纯净，越来越喜欢自己，也越来越安于平凡的生活。

当然，爱情也给人温暖，让人不畏惧寒冷，就像梅花，凛冽之中的阵阵清香，更加沁人心脾。

## 5

第二年春天，大概是四月初，春暖花开的时候，子涵约我去郊外踏青。选了个周末，一大早，我们就骑着自行车出门。正是雨后，空气清新，郊外青山碧野，溪流淙淙，满眼的绿色，间或有大片金黄色的油菜田，处处春意盎然。子涵说，要带我去个好地方。我们拐上一条弯弯曲曲的窄窄的水泥路，一边是稻田，一边是前后错落的农宅，四周都是山，我们一直往里走，上坡、下坡，左拐、右拐，住家越来越少，树木越来越多，柳树抽出了嫩芽，松柏高大苍劲，翠竹亭亭玉立。走进了一个平坦宽阔的山谷，我都呆住了，眼前一片媚红，晃得我眼都花了。原来是一片桃树林，几十株桃花争相怒放，一片姹紫嫣红。我一直以为梅花是世界上最美的花，现在才知道，原来桃花可以开得这么绚烂，这么明媚。子涵说，梅花美在风骨，桃花美在生机，我们这些凡俗之人，还是热热闹闹生机勃勃好一点。

我说，真可惜，忘了带相机。子涵拉着我的手，捏一捏我的鼻子，说有比相机更好的东西。他抽出画板，拿出画笔，说他要把这美景美人画下来。我从来都知道自己不漂亮，可是，那一刻，天蓝风清，桃红柳绿，我站在桃树下，双目含春，粉面红唇，婀娜窈窕，真的是很美丽。子涵画着画着，不禁停下笔，走过来，抱着我，手指轻轻地穿过我的长发。他俯下身，吻我，我的眼睛，我的脸颊，我的双唇。我抱紧他，闻到他身上令人迷醉的异性的气息，仿佛漂浮在半空中一般觉得晕眩。那是我一生中最美丽的时刻。后来，我常常跟朋友说，桃花是爱情的花，如果你爱她，一定要带她去看桃花，在桃花盛开的季节，让爱中的那个女人也像桃花般盛开。

回来后，子涵把那张速写画成瓷板，取名《人面桃花》。他匠心独运，把瓷板画得像水粉画一般明媚生动，画面中大片盛开的桃花，桃树下一年轻女子，黑发披肩，青衣绿袄，拈花微笑，远处青山如黛，溪流曲转，房舍点点。那幅画，参加全市的青年艺术家陶瓷展，获得金奖。大家都很羡慕，可是子涵并不得意，只觉得平常。他说，这座城市中有很多人在画画，可是，他们中的大多数人，有的为生计而画，有的为应酬而画，有的为荣誉而画，很少有人像他这样，为自己的心而画，为自己心中的爱情而画。

我觉得子涵说得对，不仅是画画，人这一生，能有几件事是纯粹为自己的心而做的呢？子涵自己也常常心事重重，似乎背负着一个沉重的包袱。文君也是，她的作品，起初是为生计而画，后来是为炫耀而画，所以，虽然很有才华，却始终原地踏步，无法达到更高的境界。兰欣现在基本上不画画了，她说她一点灵感都没有，心里空荡荡的，什么都没有。

很久没有见到文君和兰欣了。有一天，文君打电话给我，说想我了，要我晚上去她家。那天晚上，她没去梅园，在家亲自下厨，做了几个可口的小菜，小鸡炖蘑菇、清蒸鲫鱼、凉拌黄瓜条、醋熘白菜，都是我爱吃的。我们俩开了瓶干红，灯下对酌。她不停地给我夹菜，说我小时候最喜欢吃她烧的菜，她也最疼爱我。我们说起很多小时候的事，越说越开心。

那天晚上，我喝得晕晕的，就住在文君家了。我们俩并排躺在床上，在黑暗中聊天。文君说，晓清你越来越漂亮了，是不是谈恋爱了，你看上的人一定很优秀，什么时候带来，让姐姐看看。我说，他不见得很优秀，不过，和他在一起，我觉得很开心。我说起了那次桃园之行，我絮絮地说着，东一句西一句，前言不搭后语，也不知文君听明白没有。黑暗中，我感觉到文君从身后抱住我，纤细的冰凉的手指轻轻地抚摸着我的脖颈，我的后背，然后，绕到前面，握住了我那小小的圆润的乳房，她的手指轻轻按在我的乳头上，来回摩擦着。我不禁一阵战栗。她笑了，她说，傻丫头，他没有摸过吗？我不好意思地摇摇头。她笑着说起了她那个年轻的情人，她说，就是在这张床上，他那年轻的身体给了她无限的欢乐。没有他在身边，她总是整夜整夜地无法入睡。她说，这种感觉，将来你会明白的。

第二天，我醒得很迟，文君已做好了早点，她坐在我身旁，看着我吃完。出门时，我听见她说，你很久没和兰欣联系吧，听说她最近不太好，你最好抽时间去看看她。

兰欣吸毒了。她完全变了一个人，烫成大波浪的长发蓬乱地披着，十个手指甲染成五颜六色，蓝色的眼影遮不住黑黑的眼圈，憔悴瘦削，肌肤没有一点光泽。我真后悔，这段时间我沉浸在自己的爱情之中，完全忽略了兰欣，忘了她内心的伤痛远未平复。建平在最初的新鲜感过去之后，很快就对兰欣厌倦了，尤其是兰欣的麻木和冷漠，让他觉得就像是握了一块坚冰在手中，怎么样也捂不暖，反而让自己越来越冷。兰欣只是理所当然地花他的钱，毫无感激之情，更不像别的女人那样，懂得撒娇和风骚。建平去陪兰欣的时间越来越少，兰欣终日无所事事，常常逃课，晚上上网到深夜，白天缩在家里睡觉。那个小区里有不少像兰欣这样被人包养着的年轻女子，她们常常拉着兰欣一起去歌厅玩，有一次，她们给了兰欣一粒蓝色的药丸，说是安眠药，让她服下。然后，就有了第二次，第三次，一次又一次，兰欣掉进去了，彻底不可自拔。

看着兰欣这样，我真是心痛。我去找建平，我说，都是你，把兰欣给毁了，现在怎么办？建平说，我也不想她这样，送她去戒毒所吧。我对她本来是没有责任的，当初跟我走，是她自愿的，我又没有强迫她。我为她花了这么多钱，我又得到了什么？建平的话让我恶心。我狠狠地盯着他。眼前的这个男人，西装革履，头发梳得一丝不乱，手上夹着一支名牌烟，优雅地抽着，看上去道貌岸然。他以为女人的青春不过是他手中的这支烟，花钱买来，就可以一口一口地吸掉，然后，再把她们像白色的烟灰一样若无其事地弹落。那一刻，我觉得他无比丑陋，我真恨不得打他一巴掌。

我和兰欣的妈妈一起找到兰欣，带她回家。兰欣抱着我们，痛哭流涕。我们去学校为她办了休学手续，然后，送她去戒毒所。钱是我和她妈妈一起凑的，没有找建平要。我们再也不想和这个人有任何瓜葛。

我并不能责备兰欣。祖父说过，每个人都有自己的定数。兰欣已经为她的叛逆和无知付出了代价。而我，我这么清淡无求，这么循规蹈矩，可生活同样跟我开了一个大大的玩笑。

那天，子涵要我去他家。他抱着我，吻我，说要给我看样东西。他打开书橱，拿出一幅画轴，然后小心翼翼地一点一点地展开，像是展开一件珍宝。我呆住了。一股清寒之气扑面而来，我又看到了那一树像精灵一般舞蹈着的梅花。子涵说这幅画是他照着一位名家作品临摹的，花了整整一年的时间，是他最得意的作品。我问他是照着网上的复制品临摹的吗？他说，不是，是原作。他说，这幅画的主人是我的朋友。就是这轻描淡写的一句话，让我头晕目眩。我仿佛又回到了童年时那个诡异的夏天的午后，再次在燥热之中感受到了彻骨的寒冷。我觉得胸口被什么东西堵住了，让我喘不过气来。我知道这幅画的主人——我的文君表姐舍得把这幅她最珍爱的画拿给什么样的朋友去临摹。

迷迷糊糊中，我听见子涵说：我要把这幅《墨梅图》送给你。

## 6

其实，文君比我更早知道，她的那个给了她无限欢乐的年轻的情人，和我的这个唤醒我的生机让我内心安宁的男朋友，本来就是同一个人。

有一段时间，她去找子涵，子涵总是淡淡的，叫他到家里来，他也总是找各种理由推托，偶尔过去，也像是敷衍一般，每次都是草草了事。那时，她就觉得不对劲。后来，看到陶瓷展上那块《人面桃花》的瓷板画，她就明白了大半。只有子涵还蒙在鼓里。我和文君暗地里较着劲，都不肯去说破。我们俩，谁都不想主动退出。

那段时间，我非常苦闷。我想不通，为什么爱情的欢乐一定要以这种折磨人的痛苦为代价？我的工作也不顺心，图书馆要拆迁改建、减员增效，有四分之一员工将被辞退。虽然我自问这几年也算是兢兢业业尽职尽责，可是，和身边的同事比一比，她们有的文凭比我高，有的资历比我老，有的是领导家的亲戚，各有各的优势，我不知道我能拿什么去和他们比。我一筹莫展，眼看着一天天瘦下去。

是文君先打破了僵局。她约我出来喝咖啡。找了间幽静的咖啡厅，临窗坐下。文君问我工作上的事。她说，听说图书馆正在搞改革，要减员，不知道你有什么打算。她说，你不是一直想找机会去进修吗，如果你愿意的话，我可以送你去外地读书，学费、生活费，都由我负担，你不用担心。我怔怔地看着她，不说话。她说，你是我最喜欢的妹妹，从小到大，我都尽心照顾你，舍不得你受一点苦。我这么做，完全是为你好。

空气中仿佛有一团阴郁的深重的雾气压过来，让我窒息。我极力想要推开它、捅破它、撕裂它。我冷冷地说，你是为了你自己，你希望我离开子涵。

文君沉默了一会儿，平静地说，我是希望你离开子涵。我和子涵在一起三年了，感情已经非常深厚，我相信再也没有什么能把我们分开。你还生活在象牙塔中，不知道生活的艰难。你知道子涵的处境吗？他家在一个小山村，父母身体不好，家中还有两个在读高中的弟弟，一家人都指望他呢！如果你没有了工作，还和子涵在一起，只会加重他的负担。而我不同，我可以帮助他，不论在生活上还是事业上，我都可以助他一臂之力。和我在一起，他可以完全抛下经济上的压力，创作出更好的作品。难道你不希望他生活得更好吗？

文君坐到我身边，柔声说，晓清，你这么年轻，还有大好的前程等着你，将来你会遇到一个比子涵更好的人。而我不同，我三十多岁了，失去子涵，我再也找不到比他更好的。这么做，对我们三个人都好。算我求你了，好吗？

可是，你们不会被祝福。我无力地辩驳着。文君说，我不需要祝福。她的神色异常平静。我无话可说。我相信她真的是这么想。她的生命中有一种非常强悍的东西，是那种不顾一切的生命力，就像是一株野草，哪怕是在石缝中，也要顽强地向上生长，如果可能，还会开出花来，就算是素白的零落的小花，也照样迎风招展。从小到大，她永远都比我强。凡是她想要的，她从来不会退让。退让的那个人，只能是我。我说，好吧，我同意。文君说，那就这么决定了，单位那边就不用去了,住到我家来吧。我会为你办妥一切手续。

那些天,我住在文君家,什么活都不干,她给我做饭,给我洗衣服,给我买礼物,我怀着一种近乎刻毒的心理享用着她为我做的一切。

走之前,我要偷走两件最重要的东西:《墨梅图》和子涵的心。

祖父留给文君的《墨梅图》,文君视为珍宝,藏在卧室的保险柜里。保险柜在衣橱的夹层中,密码就是文君的生日。我趁文君不在家时,找到衣橱的暗格,打开保险柜。金银首饰、存折现金,我一样未动,我只要本来应该属于我的东西。我拿走《墨梅图》,换进去子涵的伪作。这一切,我做得不慌不忙,从容不迫。

然后,去找子涵。中午的时候,子涵一个人闷坐在家,见到我,欢喜异常,殷勤地给我倒茶送水。我说,你不用忙,坐在我身边来,我就想看看你。他还是那么英俊,只是眉宇间有些许疲惫和忧伤。我抱着他,吻他,抚摸他。他把我的连衣裙扯下来,扔在一边,脱掉我的内衣,把我赤身抱上床。我拉他过来,为他解开衬衫的衣扣,他的身材健美,肌肤温润光滑,有着淡淡的让人迷醉的体香。我抱紧他,我说,我想要他。他小心地进入,轻轻地移动着身体,他问我痛不痛。我说,痛,可是我想要。雪白的床单上,朵朵红花,如雪地中盛开的寒梅。子涵流泪了,他跪在我身边,亲吻那朵朵红花,他说,他会一辈子珍爱我。然后,抱着我,安详地睡去,至为满足。他睡着的时候,有一种婴儿般的无辜和天真。那一刻,我才真正明白,为什么文君如此爱他。我抱着子涵,吻他,再吻他。

房间里的光线逐渐昏暗,窗外,白日将尽,人声喧哗,楼下音像店传来不知名的歌手高分贝的叫喊声,邻居家炒菜的油烟味穿过窗帘,飘进屋里。我沉溺于这样热闹而平庸的凡俗生活,可惜,这样的生活,子涵不能给我。我轻轻拿开子涵环抱着我的手臂,然后,起身,穿上衣服,静静地离开。

还有一个人需要告别。她和我一起长大，各自面对这个社会，毫无戒备，不堪一击，转瞬之间，就败下阵来。她的伤痛，比我更深。我去戒毒所看兰欣。兰欣瘦削，委靡，头发蓬乱，神情呆滞，医生说，她正在经历最为痛苦的阶段，如果能熬过这一段，就能从生理上戒除毒瘾。我看着她，感同身受。我知道这时候说什么都是无用，于是只留下一些换洗的衣服、水果和几本她平时喜欢的画册，就走了。我没有告诉她我要离开。

回家后，我注销了手机卡、QQ号、邮箱，所有的联系方式，全都抹得干干净净。第二天一早，我提着简单的行李，带着那幅《墨梅图》，独自去火车站，随着拥挤而陌生的人流，独自离开。

再也不想回来了。

## 7

我离开之后，子涵像疯了一般到处找我。他找到文君，追问我的下落。他和文君大闹了一场。他说他不再爱文君了，就算找不到我，他也不会回到文君身边。

文君这个精明能干的女人，因为爱情，变得茫然无措。她这样费尽心机，付出了这么多，却一无所获，她无论如何也不能接受。那天晚上，她在家里盲目地转来转去，心里转了无数个念头，最后还是决定上门去找子涵，跟他摊牌。出门时，她看见餐桌上放着一把水果刀，刀刃亮白锋利。她的内心忽然变得坚硬。就像当初用一种决绝的方式离开那个她不再爱的男人一样，如今她想用另一种更为决绝的方式留住这个她深爱着的男人。她想，我把刀带去，如果子涵还是不肯回头,我就割腕,我死给他看。这个念头瞬间占据了她的心,并迅速膨胀,让她不能自已。

去了之后,是更激烈的争吵。所有的恩爱,所有的希冀,都成了泡影。文君伤心欲绝,脑海中一片空白。她拔出水果刀,刺向子涵。鲜血喷涌出来,染红了文君的双手,浸湿了文君的衣衫。子涵颓然倒下。他再也不会与文君争吵了。他再也不会离开文君了。

窗外,电闪雷鸣,大风把窗户吹得哐哐作响,暴雨倾盆而下。文君跌坐在地上,她用颤抖的手拨通了110,她说,我杀人了!

雨渐渐小下来,风却更凄冷了。街边的梧桐树湿漉漉地屹立在风里,枝头的一片叶子已经泛黄了,它在风中颤抖着,挣扎着,终于很不情愿地落了下来。文君看着它在半空中回旋,呆住了。她都忘了自己也像那片树叶一样,在寒风冷雨中颤抖个不停。

深秋已至,转眼冬天就要来了。

子涵安葬在郊外的公墓,他永远留在了这座他热爱的城市。文君因为故意杀人被判无期,在离这座城市一百公里的女子监狱服刑。

文君和子涵,这两个我生命中最重要的人,结局如此惨痛,都是因我而起。兰欣从戒毒所出来,按照文君给她的地址与我联系,我才知道了这个让人绝望的消息。我回来时,子涵的遗体已经火化,我没能见到子涵最后一面。我跪在子涵的墓前,墓碑上,子涵的遗像注视着我,还像我第一次见他那样,阳光般温暖的眼睛,神情专注而温和,我不由伸手去抚摸他。我抱着冰冷的墓碑,终于哭出声来。

第二天,我去监狱看文君。在一辆拥挤而嘈杂的中巴车上颠簸了两个小时后，才到达那个杂乱的尘土飞扬的小镇。女子监狱就在小镇边上。我办好手续，走过层层铁门，在接待室等文君。管教领着一个女人出来，短发，素颜，穿着松松垮垮的粗布囚衣，行动迟缓。我都认不出她是文君，昔日那个时髦的张扬的神采奕奕咄咄逼人的文君，再也回不来了。

我拉着文君的衣袖，我问，你还好吗？文君说，无所谓好不好，我是在赎罪。

我告诉她我偷走了《墨梅图》的真迹，留下了伪作。她说她早就知道了，她说那幅《墨梅图》本来就应该属于我，如果让她选择，她情愿要子涵的作品。子涵临摹《墨梅图》的日日夜夜，是和她一起度过的，那其中的悲欢哀乐，是她最美好的记忆。

我给文君带去画册和画笔，可是，文君不要，她说她再也不画画了。我看着文君，哽咽着说不出话来。我想说一声对不起，可是，面对这般的支离破碎，一声轻飘飘的对不起，怎么说得出口？子涵死了，文君还站在我有面前，然而一些东西，比死还可怕，它摧毁一切，让人万劫不复。

文君说，11月24日是他的忌日。记得去他的墓地，替我送一束花，黄色的康乃馨，是他最喜欢的。我拼命点头。我说，我还能做什么？我愿意做一切！文君说，忘记过去，好好过自己的生活。

朋友们都劝我离开，去另外一座陌生的城市，开始新的生活。他们不希望我生活在那段悲伤的记忆里，怕我会被拖垮。可是，我不想离开，就好像我曾经不想再回来。我的内心有自己不动声色的坚定。这座城市，有很多东西，与我息息相关。我独自一人住在祖父留下的房子里。老街坊陆陆续续都搬走了，新住进来的都是些从外地来的民工。那条弄堂，日益破败，垃圾箱满得溢出来，电线东一条西一条拉得到处都是，院墙拆了，隔成了一小间一小间卖杂货收破烂的门面,院子里的花花草草都拔光了,搭起了丑陋的厨房和杂物间。我每天在尘土的气息、呛人的烟味、孩子的哭喊声、妇女的叫骂声中进进出出,心里反而觉得踏实。

我像很多无所事事的人一样,常常在沿江路上闲逛。有一次,我在江边看见建平。他拥着一个年轻女人从车里出来,那女人身材苗条娇小,衣着时髦艳丽,烫过的蓬松的卷发轻挽着,过分甜腻地靠在他的怀里。我停下来,站在街对面,冷冷地看着他们,不说话。建平看见我,神色有点尴尬,拉着那女人,匆匆走了。那女人一直和他拉拉扯扯,大概是在追问我是什么人。

这件事,我没有告诉兰欣。我相信,对他,兰欣和我一样,不是恨,只有厌恶。他想要的只是兰欣新鲜的肉体和灼热的青春,至于兰欣内在的美丽,他完全不懂得。可惜兰欣曾经白白地和这等不相匹配的人纠缠,迷茫的时候当他是一棵救命的稻草,却差点淹死了自己。

兰欣离开了这座城市,去了深圳边上的一个小村庄,那里有很多制作装饰画的小作坊。兰欣在那里,按照老板的要求,画一些简单的图案,每天复制相同的画面。她说,机械化的劳作对她来说,是一种救赎。她希望将来有一天,可以重新找回灵感,创作出真正的作品。

只留下我,独自一人在这座拥挤的城市陌生的人流中无望地沉溺。我知道,记忆,连同它所带来的伤痛,永远无法消亡。它潜伏在我的体内。当我像春蚕吐丝一样,用遗忘一点一点地包裹它、覆盖它的时候,它蛰伏着,一动不动,给我深海一般的寂静。当我耗尽心力疲惫不堪的时候,它却从深海中一跃而起,像一条嗜血的海底生物,一口一口缓慢地咬噬着我,让我遍体鳞伤。

在无数个漫长的寂寥的夜晚,我常常整晚整晚地做梦,在梦中,我看见很多熟悉的人，想起很多过往的事情。有一次，我梦见祖父，他还像原来那样，穿过厅堂，推开房门，走过来，坐在我的床边。他说，他知道我心里很苦，他不希望我的后半生都生活在忏悔之中。他说，古画是有自己的意志的，如果承载不了它，就要学会放弃。然后，祖父轻轻摸一摸我的额头，帮我掖一掖被角，就出去了。我从梦中惊醒，窗外明月朗照，凉风习习。

那幅《墨梅图》，我委托朋友交给一家上海的拍卖公司，拍卖所得款项全部匿名捐赠给慈善机构。我想，这不仅是祖父给我的启示，也是文君、子涵和我共同的心愿。那一树精灵般有着自己生命的梅花，且放手让它自由飞翔吧。